CHAPTER
1

KB012795

채널마스터

CHANNEL MASTER

채널마스터
CHANNEL MASTER 1

한태민 현대 판타지 장편소설

초판 1쇄 찍은 날 | 2018년 1월 18일
초판 1쇄 펴낸 날 | 2018년 1월 25일

지은이 | 한태민
펴낸이 | 예경원

기획 | 위시북스
편집책임 | 이규재
편집 | 이즈플러스

펴낸곳 | 예원북스
등록번호 | 제396-2012-000132호
등록일자 | 2012. 7. 25
KFN | 제1-209호

주소 | 경기도 고양시 일산동구 호수로 646-24 위너스21 II 빌딩 206A호 (우)10401
전화 | 031-819-9431 팩스 | 031-817-9432
E-mail | yewonbooks@naver.com

ⓒ한태민, 2018

ISBN 979-11-6098-761-4 04810
       979-11-6098-760-7 (set)

채널마스터

① CHANNEL MASTER

WISHBOOKS MODERN FANTASY STORY

한태민 현대 판타지 장편소설

채널마스터
CHANNEL MASTER

CONTENTS

"이제 막 도착했어요. 형설관에 바로 가 보려고요. 이따가 연락드릴게요. 끊어요."

한수는 제대한 이후 처음 찾은 대학교 전경을 둘러봤다.

2년 만에 찾은 대학교 캠퍼스는 그때 모습 그대로였다. 바뀐 곳은 단 한 군데도 없었다.

친구들이 다니는 대학교는 건물을 새로 올린다, 연구소를 설립한다 등의 이유로 투자가 이뤄지며 하루하루 새롭다고 했는데 한수의 대학교는 이렇다 할 투자 없이 2년 전 모습 그대로였다.

인서울이긴 하지만 워낙 외진 곳에 있고 또 입시 결과도 지방 국립대보다 낮다 보니 '그런 대학교도 서울에 있었어?'라는 말을 듣기 부지기수였다.

그것도 잠시, 한수는 저 멀리 보이는 여자 신입생 무리를 보며 자신도 모르게 함박웃음을 지었다.

허벅지를 반쯤 가리고 있는 타이트한 미니스커트에 쭉 뻗은 다리, 하얀색 와이셔츠에 노란색 리본형 넥타이는 그녀들이 항공서비스학과에 다니고 있는 학생임을 한눈에 알아보게 하고 있었다.

그러나 이내 한수는 망연자실한 얼굴로 자신의 머리를 매만졌다. 짧게 깎은 스포티한 머리카락이라고 하고 싶지만 누가 봐도 3㎜로 친 군대 머리임이 티가 났다.

제대 이후 칼복학한다고 병장이 된 뒤로 나름대로 머리를 길렀지만 하필이면 전역 3일 전 식당에서 밥 먹다가 연대장한테 걸려서 머리를 박박 밀어야 했다.

영창 안 갔다 온 것만으로도 다행이었지만 지금 한수의 머리카락 길이 상태는 막 입대를 앞둔 훈련병에 가까웠다.

"휴, 올해부터는 제대로 공부해야지."

한수는 속으로 다짐하며 형설관으로 향했다.

형설관은 학교에서 운영하는 고시원이었다. 공무원 시험뿐만 아니라 사법고시, 행정고시 등 각종 고시를 준비 중인 고시생들을 위해 마련되었다.

재학생뿐만 아니라 휴학생, 졸업생들에게도 지원했기 때문에 이곳에는 고학번도 적지 않게 있었다.

형설관으로 걸어가는 도중 한수는 도서관을 스치듯 지나쳤다.

아직 개강까지는 한 달 넘게 남아 있는데도 불구하고 도서관 안은 사람들로 가득 차 있었다.

한수가 고개를 절레절레 저었다.

저들 모두 공시생이었다.

청년 실업률이 급증하며 공무원 시험을 준비하는 학생들은 갈수록 늘어나고 있었다.

한수도 군대에 갔다 오기 전 공시생이었던 적이 있었다. 반년 반짝 공부했다가 때려치우고 입대한 만큼 쉬지 않고 공부하고 있는 저들이 안타까웠다.

"어휴, 나라가 개판이니 제대로 돌아갈 리가 없지."

한수는 고개를 절레절레 저었다.

정치인들은 자기들끼리 편을 나뉘어 헐뜯기 바쁘고 정부는 국민 알기를 개가 닭 보듯이 하고 있으니 날이 갈수록 서민들 삶만 퍽퍽해져 가고 있었다.

"누가 화끈하게 살기 좋은 나라로 만들어주면 좋으련만."

혀를 차며 도서관을 지나갈 때였다.

"어? 한수야! 너 한수 맞지?"

한수는 자신을 부르는 소리에 고개를 돌렸다.

고개를 돌려보니 그 자리에는 이십 대 후반쯤 되어 보이는 성숙한 미녀가 긴가민가한 표정으로 서 있었다.

"지금 저 부르신 거예요? 누구세요?"

그녀가 환하게 웃어 보이며 스스럼없이 다가왔다.

"야! 강한수! 너 되게 오랜만이다? 그러고 보니 너 군대 가서 연락 준다며? 연락은커녕 문자 한 통 없더라? 아무리 바빠도 그렇지 말이야. 휴대폰 번호도 바뀌어서 연락도 못 했잖니. 안 그래도 누나가 시간 내서 면회 한 번 가려 했는데…….

재잘재잘 떠드는 그녀를 보며 한수가 머리를 열심히 굴렸다. 그러나 아무리 기억을 헤집어 봐도 지금 보고 있는 그녀와 닮은 사람을 찾아내기 어려웠다.

결국, 한수가 조심스럽게 입을 열었다.

"저…… 죄송한데 누구시죠?"

"어? 나 몰라? 나 민서야, 박민서. 기억 안 나?"

"서, 설마 민서 누나? 제가 아는 그 민서 누나 맞아요?"

한수가 눈을 휘둥그레 떴다. 자신이 아는 박민서와 이 민서 누나는 도저히 매칭되질 않고 있었다.

그 말에 민서가 미간을 좁히며 한수를 째려봤다.

"너 그 눈빛 되게 마음에 안 든다? 왜 나 몰라봐어?"

"그야…….

자신의 기억 속에 있는 민서는 지금 민서의 모습과는 사뭇 달랐다.

항상 눈보다 훨씬 큰 잠자리 안경을 쓰고 있었고 복장도 엄청 프리했다. 무릎이 나온 해진 트레이닝복에 목이 늘어난 후줄근한 면티. 그게 항상 그녀가 고수하는 옷차림이었다.

그러나 민서는 지금 오피스룩의 모든 걸 보여주다시피 하고 있었다. 새하얀 와이셔츠에 까만색 치마였는데 타이트한 옷 덕분에 굴곡진 몸매가 제대로 드러나고 있었다.

거기에 잡티란 잡티는 모두 감출 만큼 두꺼운 화장을 하고 있으니, 한수가 알아보지 못하는 이유가 여기 있었다.

한수는 천연덕스러운 얼굴로 웃어 보이며 말했다.

"되게 예뻐지셨어요. 형설관에서 뵐 때하고는 전혀 딴판이시잖아요."

"아, 그때는 화장도 안 하고 꾸미지도 않았으니까 그렇지. 제대하고 복학한 거야?"

"네, 누나는요? 취업…… 하신 거예요?"

대학교를 휴학하고 공무원 시험 준비에만 매달렸던 누나였다. 그런데 지금 복장은 한눈에 봐도 잘나가는 커리어우먼이다.

한수 말에 그녀가 웃어 보였다.

"아니, 취업은 무슨. 너 이야기 못 들었구나. 나 작년에 공무원 시험 합격했어. 지금은 임용 대기 중이고. 약속 있어서 왔다가 우연히 널 보게 되네."

공무원 시험에 합격했다는 말에 한수가 놀란 눈으로 민서를 쳐다봤다.

"누나. 저, 정말 합격하셨어요?"

"얘는. 오늘이 만우절도 아닌데 내가 널 왜 속이겠니? 그보다 너는? 아직 개강하려면 멀었잖아. 혹시…… 공무원 시험 다시 준비하려고?"

한수가 힘차게 고개를 끄덕였다.

"아, 네. 그래야죠."

"학교 다니면서 공부할 수 있겠어?"

한수가 머리를 긁적이며 대답했다.

"휴학할 형편이 못 돼요. 사실 엄마는 학점 관리 잘한 다음 대학교 졸업하고 바로 취업하길 원하시거든요. 그래도 한때 해봤던 거니까 다시 도전해 보게요."

"그렇구나."

한수는 부러운 눈빛으로 민서를 쳐다봤다.

자신이 되고 싶어 했던 9급 공무원. 민서가 그 공무원이 됐다고 하자 그렇게 부러울 수가 없었다.

"민서야."

한수가 어색하게 서 있을 때 뒤에서 민서를 부르는 소리가 있었다.

두 사람이 나란히 고개를 돌려보니 훤칠한 사내가 그들에게 성큼성큼 다가오고 있었다. 그를 본 민서의 얼굴에 환한 웃음이 걸렸다.

"성환 오빠!"

"내가 늦은 거 아니지? 오래 기다렸어?"

"아뇨, 아끼던 후배를 만나서 대화하고 있었죠. 아, 인사해요. 형설관에서 알고 지내던 제 후배 강한수. 이쪽은 내 남자친구 최성환이야."

"처음 뵙겠습니다. 강한수라고 합니다."

"우리 민서 후배님이구나. 처음 뵙겠습니다. 최성환입니다. 제가 올 때까지 우리 민서 심심하지 않게 해줘서 고맙습니다. 시간이 되면 좀 더 이야기를 나누고 싶은데 영화 시간이 다 돼서요."

"벌써? 한수야, 미안한데 나중에 또 이야기하자. 내 번호는 그대로니까 꼭 문자 해. 밥 사줄게."

순식간에 떠나 버린 두 사람을 바라보며 한수가 어색하게 손을 흔들었다. 그리고 그는 애꿏은 땅바닥만 신발로 툭툭 치며 화풀이를 해야 했다. 그러는 사이 전화가 왔다. 휴대폰 액정을 확인해 보니 엄마였다.

"학교 도착했어요. 이따가 연락드릴게요."

-그거 말고. 너 내일 늦지 말고 와야 하는 거 알지?

"내일요? 왜요?"

-내일 할아버지 창고 정리하기로 했잖아. 늦지 말고 오전

여덟 시까지 미리 가 있어. 쓸데없이 약속 잡지 말고 형설관 갔다가 바로 돌아와.

창고 정리란 말에 한수가 눈살을 찌푸리며 대답했다.

"그냥 저 안 가면 안 돼요? 오늘 약속 있는데…….'

－안 오면 용돈 없다. 그래도 괜찮으면 오지 말고.

"알았어요. 갈게요, 간다고요!"

한수는 잔뜩 구겨진 얼굴로 통화를 끊었다.

그것도 잠시 한수는 민서를 생각하며 용기를 냈다.

그렇게 바라던 9급 공무원에 민서가 합격했다고 하니 자신도 조금만 더 노력하면 충분히 공무원이 될 수 있을 것 같았다.

군대도 갔다 온 만큼 정신 차리고 제대로 열심히 공부해서 꼭 졸업하기 전에 합격할 생각이었다.

그러려면 일단 형설관에 들어가야만 했다.

학교에서 운영하는 곳인 만큼 지원을 잘해주는 데다가 숙식도 제공하다 보니 부모님과 떨어져서 살기엔 제격이었다.

그러나 막상 군대 가기 전 함께 방을 썼던 00학번, 04학번 선배들을 생각하니 가슴이 갑갑했다.

그 형들은 공무원 시험에 합격했을까? 아니면 아직도 형설관에 남아 있을까?

그들이 아직도 형설관에 남아 있다면?

벌써 숨이 막혀오는 것만 같았다. 그리고 그렇게 청년들이 공무원 시험만 보게 만드는 이 세상이 너무나도 갑갑했다.

한수는 오랜만에 찾은 형설관 총무 사무실을 어색한 얼굴로 돌아봤다.

예전에만 해도 담배 연기가 자욱한 너구리굴을 보는 것 같았는데 지금은 깔끔하게 잘 치워진 진짜 사무실 느낌이 확 나고 있었다.

뿔테 안경을 쓴 형설관 총무가 한수를 쳐다보며 물었다.

"재작년에 여기 계셨다고요?"

"예, 군대 갔다 오느라 관뒀는데요. 혹시 계속 다닐 수 있나 알아보고 싶어서요."

"잠시만 기다려 주실래요? 확인 좀 해볼게요."

"예, 그런데 새로 오셨나 봐요. 이전에 계시던 총무님은……."

처음 보는 낯선 총무가 안경테를 올리며 말했다.

"성욱 선배 말씀하시는 건가요? 그 형은 작년에 관두고 중문 옆에 미라클 PC방 차렸어요. 거기로 가 보면 만날 수 있을 거예요."

"아하, 감사합니다."

"잠시 기다려 주세요."

성욱은 한수가 형설관에 있을 때 총무였던 고학번 선배로 축구는 엄청 못하는데 매번 원톱 자리만 섰던 형이었다.

그 형도 형설관 총무 노릇을 하며 공무원 시험을 준비 중이었는데 PC방을 차린 걸 보면 공무원 시험은 포기한 모양이었다.

그러는 동안 컴퓨터로 학적부를 뒤적이던 총무가 한숨을 내쉬며 말했다.

"맞네요. 신입생 때 들어오셨고 군대 때문에 관두신 거 맞네요. 공무원 시험 다시 준비하려고요?"

한수가 고개를 끄덕였다.

"예, 제대한 만큼 열심히 준비하려고요. 왜요?"

"음, 작년에 원장님이 새로 부임하면서 입관 조건이 많이 까다로워졌어요. 입실 시험을 봐야 하고 토익 성적표도 최근 6개월 이내에 본 거로 새로 제출하셔야 해요."

"예? 입실 시험에 토, 토익 성적표요?"

생각지도 못한 상황에 한수가 인상을 구겼다.

'토익을 본 적이 있긴 있었는데…… 재작년이었나?'

군대 가기 전 토익을 한 번 본 적이 있긴 했다. 성적은 처참했다.

"네, 입실 시험은 닷새 뒤에 있고요. 토익은 최소 650점을 넘기셔야 해요. 잠깐만요. 토익 보신 적이 있으시네요? 그런데 성적이…… 공부 제대로 안 하셨나 봐요?"

모니터를 보던 총무가 눈살을 찌푸렸다.

"그게 신입생 때는 다 놀다 보니까…… 아, 어쨌든 잘할 자신 있어요. 어떻게 안 될까요?"

"죄송합니다. 재작년하고 지금은 많이 달라요. 학교에서 지원이 늘어난 만큼 매년 꾸준히 합격생이 나오길 바라거든요. 오히려 애꿎은 시간 낭비하느니 학점 관리 잘해서 취업하는 게 더 나을 수도 있어요."

"입실 시험은 닷새 뒤 치른다고요?"

"예, 접수해 드릴까요? 토익 성적표는 개강하기 전까지 제출해 주시면 돼요."

"알겠습니다."

한수가 입술을 깨물었다.

시작부터 암초에 걸리게 생겼다.

그러나 어쩔 수 없는 일이었다.

개강까지 한 달 넘게 남아 있었지만, 중문 앞은 사람들로 북적이고 있었다.

대부분 근처 초·중·고등학교에서 놀러 온 애들이었다.

중문을 돌아보던 한수는 끝자락에 이르러서야 미라클 PC

방 간판을 볼 수 있었다. 가게는 허름한 건물 2층에 입점해 있었다.

PC방 정문을 열고 안으로 들어온 한수는 카운터에 앉아 있는 낯익은 얼굴을 한눈에 알아볼 수 있었다.

민서 누나하고 다르게 성욱은 예전 모습 그대로였다.

"성욱 형!"

처음에는 당황해하던 성욱이 눈을 휘둥그레 뜨며 한수를 쳐다봤다.

"어? 야! 강한수! 너 뭐야? 그새 전역했어?"

"예, 며칠 전에 전역했죠. 하하."

"와, 남들 군 생활은 금방 간다더니 벌써 갔다 왔냐? 너는 조금 더 고생하다가 나왔어야 했는데…….."

"형, 무슨 말을 그렇게 해요? 그보다 어떻게 된 거예요? 형 설관 총무 계속하실 줄 알았는데 PC방 차리셨다길래 깜짝 놀랐잖아요."

한수 말에 성욱의 표정이 어두워졌다. 그가 멋쩍게 웃으며 빈자리를 가리켰다.

"자리에 앉아 있어. 오랜만에 봤는데 이야기나 좀 하자. 뭐 먹을래?"

성욱이 카운터 위 간판을 가리켰다. 그 간판에는 볶음밥부터 시작해서 파스타, 찌개 종류까지 다양한 메뉴가 적혀 있었다.

"형, 요리도 해요?"

한수가 주문한 메뉴는 봉골레 파스타였다.

PC방 의자에 앉아 기다리는 사이 성욱이 직접 요리한 봉골레 파스타가 키보드 바로 앞에 도착했다.

생각보다 비주얼 좋고 냄새도 좋았다.

한수가 가볍게 탄성을 내며 물었다.

"생각보다 요리 잘하시네요."

"인마, 내 자취 경력이 벌써 15년이야. 웬만한 요리는 다 마스터했지."

"되게 신기하네요. PC방에서 컵라면은 끓여 먹어봤어도 파스타는 처음 먹어봐요."

"요즘 PC방이 다 그래. 살아남으려면 뭐든 못 하겠냐? 나도 그래서 음식점으로 영업 허가받았잖냐. 그보다 형설관 갔다 왔었어?"

"예, 복학한 김에 형설관 계속 다니려고 했죠. 우리 학교나 지방대나 별 차이 없잖아요. 취업 어려운 건 뻔하고 그래서 공무원 시험 계속 준비하려 했거든요."

"흠, 하긴 공무원만 되면 최고지."

"그러다가 형이 중문에 PC방 차렸다고 하길래 한번 들렀어요. 오랜만에 형 얼굴도 보고 싶었고요."

"잘했어. 오랜만에 얼굴 보니 좋네. 그런데 머리가 왜 그래? 조금 기르고 나오지. 누가 보면 너 막 입대하는 줄 알겠다. 크큭."

"그게 식당에서 밥 먹다가 연대장한테 걸려서…… 아, 말도 마요. 그런데 형, 민감한 질문일 수도 있긴 한데 공무원 시험은 왜 관둔 거예요?"

망설이던 성욱이 한숨을 길게 내쉬며 말했다.

"몇 번 더 시험 봤는데 번번이 떨어졌잖냐. 그래서 내 길은 아니라고 생각하고 과감히 접었어. 여기에 내 돈하고 우리 부모님 돈 다 밀어 넣었다. 이거 망하면 나도 끝이야, 끝."

목을 그어 보이는 시늉을 하는 성욱을 보며 한수가 멋쩍게 말했다.

"잘 되겠죠. 걱정 마세요. 제가 복학하게 되면 자주 와서 매상 책임져 드릴게요."

"고맙다. 식기 전에 먹어. 너 오면 내가 한 끼 정도는 책임져 주마."

"정말이죠? 그럼 잘 먹겠습니다."

한수는 성욱이 직접 조리해 온 봉골레 파스타를 포크로 돌돌 말아 입에 넣었다.

웬만한 레스토랑에서 파는 봉골레 파스타 못지않게 맛이 있었다.

"형, 차라리 레스토랑 차리지 그랬어요. 이거 정말 맛있는데요?"

"얼굴에 금칠 그만해. 진짜 레스토랑 차렸다간 며칠 안 가 망할걸?"

한수가 봉골레 파스타를 말아 먹다가 생각난 김에 입을 열었다.

"아, 그러고 보니 아까 도서관 앞에서 민서 누나 봤어요."

"민서? 아, 박민서?"

한수는 봉골레 파스타를 한 번 더 말아 먹으며 고개를 끄덕였다.

"예, 엄청 예뻐졌더라고요. 공무원 시험 합격했다는데 어떻게 된 거예요?"

"걔는 예전부터 독기 품고 열심히 했잖아. 열심히 한 만큼 보답받은 거지. 작년에 9급 되고 한껏 꾸미고 다니더니 남자친구도 생기고 잘나가더라고. 휴, 나도 공무원 시험 합격했어야 하는 건데……."

"에이, 그래도 형은 사장님이잖아요. 명색이 사장님인데 공무원에 비할 바가 되겠어요?"

성욱은 한수의 아부에 기분이 좋아진 듯 웃으며 물었다.

"짜식, 고맙다. 콜라도 줄까?"

"그럼 저야 좋죠. 흐흐."

그 이후 성욱이 지난 2년 동안 있었던 일을 간단히 이야기했다.

한수가 입대하고 얼마 지나지 않아 총장이 새로 부임했는데 그는 공무원 합격률이 최고로 높은 대학교라는 슬로건을 내걸었다. 그러면서 형설관에 관장이 새로 부임했고 덩달아 성욱도 총무 자리에서 쫓겨났다.

즉, 형설관이 완전히 물갈이된 것이었다.

"형설관 못 붙으면 통학해야 하는데, 큰일이네요."

집에서 대학교까지의 거리는 지하철을 타고 두 시간이다.

서울의 끝과 끝.

벌써 눈앞이 막막했다.

"너 진짜 공무원 시험에 올인하려고?"

"예, 그래야죠."

"공무원 할 자신은 있고? 저번에 효준이 만났는데 하소연만 죽어라 하더라. 일행직인데 사회복지과로 발령나서 허구한 날 야근 중이래."

"효준이 형도 합격했어요?"

"어, 걔도 민서하고 같이 합격했어. 달랑 두 명뿐이지만."

그렇다는 건 함께 방을 썼던 고학번 선배들은 작년에도 탈락했다는 이야기다.

지금쯤 그들은 무얼 하고 있을까? 집에 돈이 있다면 성욱형처럼 PC방을 차릴 수 있겠지만 그렇지 않으면 취업 자리를 뒤늦게 알아보거나 혹은 적성에도 맞지 않는 옷을 입은 채 억지로 돈을 벌고 있을지도 모를 일이다.

한때 울고 웃으며 함께 지냈던 선배들이 꿈을 이루지 못하고 볼품없이 사라졌다는 걸 알게 되자 한수는 코끝이 찡했다.

차마 그걸 내색하지 않은 채 한수는 자리에서 일어났다.

"저 먼저 들어가 볼게요. 내일 할아버지 창고 정리해야 해서요."

"그래. 다음에 또 놀러 와. 형설관 꼭 붙고."

"고마워요, 형."

한수는 미라클 PC방을 나왔다.

그렇게 지하철을 타고 집으로 돌아오는 길에 한수는 한국대학교입구역을 지나쳤다.

이 역에서 오르락내리락하고 있는 또래들을 보며 한수는 부러움 섞인 눈빛을 보냈다.

어쩌면 저들 중 몇 명은 한국대학교에 재학 중인 학생일 수도 있다. 아직 개강이 한 달 가까이 남았지만 정말 모르는 일이다.

실제로 몇몇은 과잠을 입고 있었다. HNU(Hankook National University)라 적힌 과잠이었다.

그들을 보니 문득 고등학교 때 열심히 공부하지 않은 게 후회스러웠다.

그래서일까.

이대로라면 꿈을 꾸는 건 고사하고 먹고살 수 있을지마저 걱정이 되고 있었다.

오늘은 할아버지 집에 있는 창고를 정리하기로 한 날이었다. 한수는 부스스한 얼굴로 녹슨 철문을 바라봤다. 옆에 서 있는 할아버지를 보며 한수가 물었다.

"할아버지, 저 창고 안에 뭐가 들어 있어요?"

"오래전부터 모아온 골동품이 있지."

"값비싼 것도 있어요?"

"뭐 죄다 구닥다리라서 비싼 건 없지. 그래도 인연이 닿는다면 누군가에는 값진 물건이 될 수도 있지 않겠니? 그래서 오늘 한꺼번에 정리한 다음 맞는 주인을 찾아줄 생각이다."

"주인을 어떻게 찾아주시게요?"

"어떻게 찾긴. 주인 될 사람이 알아서 찾아오겠지. 허허."

한수가 머쓱하게 웃었다.

종종 느끼지만, 할아버지가 하는 말의 뜻을 이해하지 못할 때가 있었다.

그때 아버지가 한수에게 목장갑을 건넸다.

"다칠 수도 있으니까 이거 끼고 해. 그럼 시작할까?"

오래된 자물쇠를 뜯어낸 다음 창고 문을 열어젖혔다. 켜켜이 쌓여 있던 먼지가 밖으로 터져 나왔고 군데군데 거미줄이 쳐진 창고가 한눈에 들어왔다.

창고 안에는 온갖 골동품들이 가득 쌓여 있었다.

"일단 부피가 큰 것부터 마당에 쌓아두고 나머지도 차근차근 옮기자."

"예, 아버지."

마당으로 골동품들을 나를 때였다.

한수 눈을 사로잡은 게 하나 있었다.

낡아 보이는 브라운관 TV였다. 외관상으로는 크게 문제가 없어 보였다. 대략 21인치 정도의 크기. 그것을 본 한수 아버지가 눈빛을 빛내며 말했다.

"아직도 이걸 보관하고 계셨구나."

"예? 이 텔레비전이 뭔데요?"

"한 이십 년 전쯤 할아버지 집에 텔레비전이 없어서 사다 드린 거다. 지금도 멀쩡하게 잘 작동할걸?"

"그래요?"

한수는 대수롭지 않은 얼굴로 텔레비전을 붙잡았다.

그때였다. 갑자기 힘이 쭉 빠졌다. 갑작스럽게 엉덩방아를 찧은 한수를 보며 아버지가 걱정스러운 얼굴로 물었다.

"한수야, 괜찮냐?"

"아, 네. 괜찮아요, 아버지."

한수가 얼떨떨한 얼굴로 자리에서 일어났다.

"갑자기 왜 그래?"

"그, 그러게요. 힘이 쭉 빠졌었어요."

"조금 쉬었다가 할래?"

"이것만 옮기고 쉴게요."

"그러자."

한수는 아버지와 함께 텔레비전을 바깥으로 날랐다.

그러는 사이 엄마는 과일을 깎고 음식을 준비 중이었다.

쉬는 동안 과일을 먹으면서 한수가 할아버지에게 물었다.

"할아버지, 이 텔레비전은 왜 안 쓰시는 거예요?"

"아, 그거? 뭐 딱히 텔레비전 볼 일이 있어야. 눈이 침침하니 잘 보이질 않아서 그냥 안에 넣어놨나 보다."

그때 과일을 깎던 어머니가 할아버지를 보며 물었다.

"그럼 저희가 이거 가져가서 써도 될까요?"

"이 고물은 어디에다가 쓰려고?"

"안방에 두려고요. 거실에 텔레비전이 있긴 한데 안방에는 없어서…… 새로 한 대 사려 했는데 잘됐네요."

"그러렴. 그런데 하도 쓰질 않았더니 잘 나오는지 모르겠다. 한번 확인해 보려무나."

어머니가 힐끗 한수를 곁눈질했다. 한수보고 직접 확인해 보란 의미였다.

한수는 브라운관 TV를 마루에 올려둔 다음 파워 케이블을 연결했다. 다행히 브라운관 TV는 켜졌다.

일단 전원 상태는 문제없었다. 다만 방송이 나오는지 알아보려면 셋톱박스가 필요했다. 이건 본가에서 케이블을 연결해 본 다음 확인해 봐야 할 것 같았다.

한수와 한수 아버지는 재차 창고 정리에 들어갔다. 필요 없는 건 동사무소에서 사서 온 폐기물 스티커를 붙여서 집 밖에 내놓았고 필요한 건 다시 창고에 차곡차곡 쌓아놓았다.

그렇게 정리를 끝내자 어느덧 해가 서쪽으로 지고 있었다.

할아버지는 한사코 말리는 엄마를 밀어내며 한수에게 용돈을 건넸고 그런 뒤에야 한수는 부모님과 함께 본가로 돌아올 수 있었다.

자동차 트렁크에는 한수가 챙긴 브라운관 TV가 실려 있었다.

집으로 돌아온 뒤 엄마가 한수를 보며 말했다.

"텔레비전 되나 한번 확인해 봐. 되면 새로 케이블 신청하고."

"예, 그럴게요."

한수는 기존에 설치되어 있던 텔레비전을 빼낸 다음 브라운관 TV를 연결했다.

다행히 브라운관 TV는 이상 없이 작동하고 있었다.

화면에 보이는 건 157번, EBS PLUS 1 채널이었다.

그런데 그 순간 텔레비전을 보는 한수의 눈동자가 보석처럼 빛을 뿜어내기 시작했다.

하지만 그 기이한 현상을 목격한 사람은 아무도 없었다.

"한수야, 강한수!"

한수는 자신을 부르는 소리에 화들짝 놀라며 일어났다. 그런 한수를 빤히 쳐다보던 아버지가 눈매를 좁히며 물었다.

"너 왜 그래?"

"무, 무슨 일 있었어요?"

"침까지 흘리면서 뭘 텔레비전을 그렇게 열심히 봐?"

"진즉에 그렇게 공부를 했어 봐. 그럼 한국대학교 가고도 남았지, 쯧쯧."

엄마가 통명스럽게 툴툴거렸다. 한수는 소매로 입술을 닦았다. 흥건히 젖은 침이 소매에 묻어나왔다.

한수는 멍한 얼굴로 텔레비전을 쳐다봤다. EBS PLUS 1 채널이 방송되고 있던 21인치 브라운관 TV는 꺼진 채 옆에 놓여 있었고 그 자리는 42인치 LED TV가 대신하고 있었다.

"아버지, 조금 전에 무슨 일 있었어요?"

"인마, 네가 인제 와서 수능 특강을 그렇게 넣 놓고 보고 있으니까 네 엄마가 저러지. 그게 뭐 재밌다고 그렇게 열심히 봐. 진즉에 고등학교 다닐 때 그러던가. 하하."

"제가 그랬어요?"

"어, 불러도 대답 없더구만. 형설관은 어떻게 하기로 했어? 다시 들어갈 수 있는 거야?"

아버지 질문에 한수가 머리를 굴렸다.

일단 입실 고사를 보고 토익 성적표도 제출할 생각이었다.

그러나 솔직히 자신이 없었다.

그래도 최선을 다해볼 생각이었다.

"그게요. 입실 고사도 보고 토익 성적표도 내야 한다고 하더라고요. 일단 준비는 해보려고요."

"그래. 한번 잘해봐. 이제 군대도 갔다 왔는데 네 앞길은 네가 잘 챙겨야지."

"예, 아버지."

그러는 사이 어머니가 저녁상을 차렸다.

저녁을 먹는 중에도 어머니는 틈틈이 엄친딸 이야기를 꺼내놓았다. 한수하고는 초등학교 동창인 여자애 이야기였는데 그 여자애가 대학교에서 보내주는 해외 명문대학교에 어학연수를 가게 됐다는 것이었다.

그렇게 주절주절 이야기하던 어머니가 갑자기 한수를 돌아보며 물었다.

"한수야, 너 이왕 군대도 갔다 온 김에 차라리 재수하는 건 어떻겠니?"

"예? 재수요?"

한수가 당황한 얼굴로 엄마를 쳐다봤다.

엄마는 평소 학벌에 대한 콤플렉스가 심했고 그래서 하나뿐인 아들에 대한 집착이 다른 부모님들에 비해 더 강했다.

특히 외가에서 자식들을 연신 대학교나 고천 대학교 같은 명문대학교에 보내다 보니 유독 그 콤플렉스가 더 심한 것도 없지 않아 있었다.

한수가 아버지를 보며 물었다.

"아버지는 어떻게 생각하세요?"

"나는 전적으로 네게 달렸다고 본다. 네가 할 생각이 있으면 하는 거고, 아니면 졸업해서 바로 취업 준비하거나 공무원 시험 준비하는 게 맞는 거고."

"일단 생각 좀 해볼게요."

한수는 밥을 다 먹고 난 뒤 방에 틀어박혔다.

물론 재수를 생각해 본 적도 있었다. 그러나 내신 성적도 그렇거니와 정시 성적도 좋지 못했다.

특히 수리 영역과 외국어 영역은 바닥을 기다시피 했었다.

한수는 이불을 뒤집어쓴 채 눈을 감았다.

앞이 막막했다. 어떻게 해서든 돌파구를 마련할 필요가 있었다.

그때였다.

새까매야 할 눈앞에 낯선 글자가 떠오르고 있었다.

[채널 마스터 시스템에 접속하였습니다.]

[사용자의 정보를 분석합니다.]

[필요로 하는 채널을 업데이트합니다.]

[최우선으로 157번 채널 「EBS PLUS 1」을 구독합니다.]

[2017년 수능대비 특강 김지수의 비문학 관련 경험치가 1% 쌓였습니다.]

한수는 떨떠름한 얼굴로 눈앞에 떠오른 문장을 읽어내렸다.

눈을 깜빡였다가 다시 떴다. 그러자 문장이 사라지고 없었다.

어처구니없는 상황에 한수가 당혹스러워했다.

그러다 어제 할아버지 창고에서 주워온 브라운관 TV가 생각이 났다. 그러고 보니 그때 브라운관 TV에서 우연히 본 게 「EBS PLUS 1」 채널이었다.

"설마?"

말도 안 되는 일이었다.

한수가 고개를 절레절레 저었다.

그때였다.

머릿속에 낯선 지식이 가득 차 있었다.

그것은 김지수라는 낯선 강사가 한 비문학 특강, 그에 관한 지식이었다.

삼십 분 남짓한 강의 내용이 머릿속에서 하나도 빠짐없이 계속 재생되고 있었다.

한수는 순간 온몸을 감싸는 카타르시스에 눈을 휘둥그레 뜬 채 몸을 부르르 떨었다.

"대, 대박. 말도 안 돼!"

한수는 믿기지 않는 상황에 혀를 내둘렀다.

단지 그뿐만이 아니었다. 필요로 하는 내용이 있다면 그 부분을 재깍재깍 찾아가 다시 들여다보는 게 가능했다.

"미친."

한수는 다급하게 컴퓨터부터 켰다.

그런 다음 대학교 1학년 시절 형설관에서 머무를 때 대충 훑어본 적 있었던 9급 공무원 행정학 관련 강의 동영상을 틀었다.

"제발, 제발."

한수는 두 손을 모은 채 동영상을 계속 보기 시작했다.

이번에도 경험치가 쌓이길 바라면서 한수는 행정학 특강을 계속 들여다봤다.

그러나 시간이 지나면 지날수록 계속해서 졸음만 쌓이고 있었다.

마치 누군가 특강에다가 수면제를 가득 첨가해 둔 그런 느낌이었다.

어제는 자신도 모르는 사이에 넋을 잃었다면 이번에는 잠결에 넋을 잃게 될 것 같았다.

어찌어찌 한수는 동영상을 반쯤 본 뒤 잠깐 일시 정지 버튼을 눌렀다.

그런 다음 기대에 잠긴 채 눈을 감았다.

그러나 그가 볼 수 있는 건 캄캄한 어둠뿐이었다. 아까 봤던 그 낯선 글자는 떠오르지 않고 있었다.

한수가 눈살을 찌푸렸다.

"왜 안 되지?"

전에는 됐는데 이번에는 되지 않는다.

컴퓨터로 봐서 그런 걸까?

한수는 방문을 열고 밖으로 나왔다. 부모님 두 분이 거실에 앉은 채 텔레비전을 보고 있었다. 힐끗 텔레비전을 보니 IBS 뉴스가 방송 중이었다.

한수는 말없이 소파 옆에 앉았다. 그리고 텔레비전을 보기 시작했다. 42인치 LED TV에서 앵커들이 정치, 경제, 사회 문제 등 다방면의 현안을 두루두루 이야기 중이었다.

복학한 지 얼마 안 된 한수로서는 들도 보도 못한 소식들이 가득했다.

'이번에는 돼라. 돼라, 제발.'

그렇게 뉴스가 끝나고 기상 예보가 흘러나올 무렵 한수는 일말의 기대를 하며 눈을 감았다.

그러나 이번에도 여전했다. 아무런 문장도 떠오르지 않고 있었다. 글자가 한 토막도 없었다.

'도대체 왜…….'

그때 한수 눈을 사로잡은 게 있었다. 할아버지 창고에서 가져온 낡은 21인치 브라운관 TV였다. 며칠 뒤, 셋톱박스를 새로 설치하게 되면 안방에 옮겨놓을 예정이었다.

'설마 저게?'

혹시 하는 가정이 조금씩 힘을 얻기 시작했다.

현재 남은 유일한 통신매체는 저거뿐이었다.

아무래도 한번 직접 확인해 볼 필요가 있었다.

"저 텔레비전 좀 다시 연결해 봐도 될까요?"

"텔레비전은 왜? 아까 보니 잘만 나오던데."

"뭐 좀 확인해 볼 게 있어서요."

"곧 주말극 할 텐데……."

엄마가 떨떠름한 목소리로 중얼거렸다.

그때 가만히 분위기를 보던 아버지가 눈을 찡긋해 보인 뒤 엄마를 데리고 안방으로 들어갔다.

"여보, 우리 외출 좀 하고 옵시다."

"네? 이 시간에 웬 외출이요?"

"밖에 나가서 맥주 한 잔만 마시고 옵시다. 목이 칼칼해서 맥주라도 한 잔 마셔야겠는데 혼자 가긴 그러니까 같이 가자고."

"아니, 곧 주말극 한다니까요. 당신도 빼놓지 않고 보면서……."

"하루 미룬다고 문제 될 것도 없고. 자자, 갔다 옵시다."

결국, 아버지는 억지로 버티는 어머니를 데리고 밖으로 나갔다.

한수는 그런 아버지를 보며 멋쩍게 웃어 보였다.

'고맙습니다, 아버지.'

그런 뒤 심호흡을 하며 브라운관 TV를 내려다봤다. 이 브라운관 TV에 자신이 찾는 해답이 있을 게 분명했다.

한수는 어렵지 않게 브라운관 TV에 다시 연결했다. 그리고 전원 버튼을 눌렀다. 화면이 켜지고 전에 봤던 EBS PLUS 1 채널이 나오기 시작했다.

지금 하고 있는 강의는 심수정 강사의 영문법 강의였다.

한수는 조심스럽게 텔레비전 앞에 앉아 화면을 집중한 채 바라보기 시작했다. 그리고 얼마 지나지 않아 한수의 표정이 몽롱해졌다.

동시에 한수는 순식간에 시간이 삭제되는 경험을 재차 느껴야 했다.

한수가 다시 정신을 차린 건 삼십 분 정도가 지난 뒤였다.

한수는 두 눈을 끔뻑이며 화면을 바라봤다. 자신이 보고자 했던 영문법 강의는 끝난 상태였고 지금은 막 광고가 시작되고 있었다.

그것을 보던 한수가 침을 꿀꺽 삼켰다.

설마 예상대로 이루어졌을까?

이것마저 아니라면?

그런 고민을 뒤로하고 한수가 눈을 감았다.

그러자 또다시 한줄기 문장이 눈앞에 떠올랐다.

[157번 채널 EBS PLUS 1을 구독하셨습니다. 2017 수능대비 특강 심수정의 영문법 관련 경험치가 1% 쌓였습니다.]

한수는 그제야 확신할 수 있었다.

이 브라운관 TV를 통해 뭔가를 보면 그에 관한 경험치를 얻을 수가 있었다. 그리고 자신이 본 영상은 머릿속에 쌓이게끔 되어 있었다.

이게 어떤 원리로 이루어지고 있는지는 알 수 없었다.

지금 자신이 꿈을 꾸는 게 아닌가 하는 생각마저 들고 있었다.

무슨 MMORPG 게임도 아니고 경험치가 쌓인다는 게 애초에 말이 안 되는 일이었으니까.

그렇지만 지금 눈앞에 보이는 이 문장은 진짜였다.

게다가 지금 상황대로라면 머릿속에 조금 전에 본 영문법 강의가 그대로 떠오를 게 분명했다.

한수는 영문법 강의를 떠올려 보았다.

그 순간 조금 전 들었던 심수정 강사의 영문법 강의가 머릿속에서 자동으로 재생되기 시작했다.

"심 봤다! 미친, 대박!"

한수는 초롱초롱 빛나는 눈동자로 브라운관 TV를 바라봤다.

여전히 믿기지 않았지만, 지금까지 경험한 건 모두 사실이었다.

실제로 김지수 강사의 비문학과 심수정 강사의 영문법, 두 개의 강의 모두 머릿속에 선명하게 남아 있었고 원하는 내용만 정확하게 집어 볼 수 있었다.

한수는 침을 꿀꺽 삼켰다. 이 능력대로라면 자신에게는 완전 기억 능력이 생긴 것이나 다름없었다.

지금 한수의 머릿속은 일종의 하드디스크 같았다. 브라운관 TV를 통해 강의를 보면 그 강의 내용이 그대로 머릿속에 차곡차곡 저장되고 있었다.

그러고 보니 예전에 본 영화 한 편이 생각났다.

SF영화 역사에 한 획을 그은 대표적인 명작 '매트릭스.'

그 영화를 보면 키아누리브스가 맡은 네오가 모피어스가 건넨 약을 먹고 진짜 현실에서 깨어나게 된다.

그리고 그는 그곳에서 컴퓨터를 통해 한 번도 해보지 못한 각종 무술을 주입받게 된다.

마치 컴퓨터에 있는 파일을 USB 폴더로 옮기듯 그런 식으로 뇌에 저장하게 되는 것이다.

지금 한수의 상태가 그와 비슷했다. 절대 손상되지 않고 지워지지 않는 파일들. 브라운관 TV를 통해 본 두 가지 강의 영상이 그러했다.

그렇다는 건 앞으로 또 다른 강사의 강의 영상을 이 브라운관 TV를 통해 보게 되면 고스란히 머릿속에 쌓인다는 의미였고 그것들은 절대 지워지지 않는 기억이 될 것이라는 의미이기도 했다.

"이 능력만 있으면…… 수능 만점도 꿈은 아니야. 아니, 수능 만점뿐만 아니라 내가 하고 싶은 건 뭐든지 마음껏 할 수 있어."

수능 만점? 충분히 가능했다. 머릿속에 EBS에서 해주는 모든 강의 내용을 달달 외우고 수학능력시험을 치르러 갈 수 있기 때문이다.

그렇다면 다른 건 어떨까?

텔레비전 채널에는 EBS PLUS 1만 있는 게 아니다.

뉴스 채널도 있고 예능 채널도 있다.

골프, 승마, 바둑, 게임, 축구, UFC 등 다양한 종목들이 있다.

만약 자신이 바둑 채널을 본다면 그 바둑 실력도 고스란히 머릿속에 저장되지 않을까?

마치 기보를 달달 외우는 것처럼.

축구 채널을 보게 되면 프리미어리그에서 뛰는 유명 선수의 축구 기술을 습득하게 돼서 자연스럽게 구사할 수 있게 되지 않을까?

별의별 가정이 머릿속을 채웠다.

이 능력만 있다면 세상을 바꾸는 것도 불가능한 일은 아니었다.

한수는 리모컨을 쥔 채 채널 버튼을 눌렀다.

EBS PLUS 1 말고 다른 채널로 돌려보고 싶었다.

그러나 리모컨은 묵묵부답이었다. 전혀 응답하지 않고 있었다. 여전히 재생되고 있는 채널은 EBS PLUS 1 채널 하나뿐이었다.

한수가 눈매를 찡그렸다.

"왜 이러지? 고장인가."

혹시 하는 생각에 한수가 눈을 감았다. 그리고 한수는 새로
떠오른 문장을 읽을 수 있었다.

[새로운 채널을 얻으려면 등급을 올려야 합니다.]

한수가 눈매를 좁혔다.
등급을 올려야만 다른 채널도 얻어낼 수 있었다.
그렇다면 등급을 올리는 방법은 무엇일까?
그런 생각을 하며 눈을 감자 또다시 알림창이 떠올랐다.

[해당 채널을 마스터하면 등급을 올릴 수 있습니다.]

한수는 눈을 감으면 보이는 이 알림이 본인의 생각을 그대
로 읽어내고 있다는 걸 알 수 있었다.
머릿속으로 생각만 하면 곧장 해답을 주고 있었다.
어쨌든 한수는 여태까지 얻은 정보를 토대로 규칙을 정립
했다.

규칙 1. 지금은 EBS PLUS 1 채널만 볼 수 있다.
규칙 2. 경험치를 쌓아서 해당 채널을 마스터하면 등급을

올릴 수 있고 다른 채널도 활성화할 수 있다.

규칙 3. 광고 시간이 되면 텔레비전과의 연결이 끊긴다.

이밖에 또 다른 규칙이 있을 수도 있겠지만, 현재까지 한수가 찾아낸 건 이게 전부였다.

그래도 일단 다행인 건 광고 시간이 되면 텔레비전과의 연결이 끊긴다는 점이었다.

온종일 텔레비전을 보고 있어야 하는 건 아니니까 한수로서는 천만다행인 일이었다.

한수는 조심스럽게 브라운관 TV 케이블을 해제하기 시작했다. 그런 다음 전원까지 뺀 뒤 신줏단지 모시듯 조심스럽게 안은 채 방 안에 가져다 놓았다.

LED TV에 다시 연결해 두고 한수는 거실 소파에 앉아 생각에 잠겼다.

일단 지금 자신이 볼 수 있는 건 EBS PLUS 1 채널뿐이었다. 아까 전 강의를 봤을 때 경험치가 1% 쌓인 걸 생각해 보면 텔레비전을 통해 강의를 보면 그만큼 경험치가 쌓이는 듯했다.

등급이 언제 오를지는 알 수 없다.

하지만 경험치를 쌓아야 등급을 올릴 수 있다는 걸 보면 죽으나 사나 당분간은 EBS PLUS 1 채널을 봐야 한다는 것이었다.

하루가 멀다 하고 EBS PLUS 1 채널만 보는 것도 가능했다.

그러나 단순히 텔레비전을 보는 데 그치는 게 아니라, 더 의미 있는 무언가를 하고 싶었다.

그때 아까 어머니가 했던 말이 떠올랐다.

재수 한번 해볼 생각 없냐는 말.

한수는 곰곰이 생각에 잠겼다. 이 능력이라면 수능 만점도 문제없다고 생각했다.

지금도 그 자신감은 여전했다.

수학 영역과 외국어 영역만 충실히 해도 인서울 상위권 대학교에 입학하는 게 가능할 터였다.

"재수하자. 좋은 대학교에 입학하는 거야."

한수는 재수를 하기로 결심을 굳혔다.

평소 꿈에서만 생각해 봤던 명문대학교.

그 꿈을 현실로 만들 수 있는 능력이 자신에게 주어졌다. 능력이 되는데 주저할 이유가 없었다.

다음 날 아침, 한수 가족이 식탁에 모였다.

단출하게 차려진 아침 식사 자리에서 한수가 부모님을 보며 폭탄선언을 날렸다.

"아버지, 어머니. 저 재수하고 싶습니다."

갑작스러운 한수의 선언에 제일 놀란 건 아버지였다.

한참 국을 떠 먹던 아버지는 사레가 들린 듯 여러 차례 캑캑거렸다.

어머니도 깜짝 놀란 얼굴로 한수를 쳐다보다가 물었다.

"정말? 정말 재수하려고?"

"예, 진짜 재수할 생각입니다."

"학교는 어쩌려고?"

"일단 휴학계 제출해 두게요. 복학 신청은 아직 안 했으니까 문제없을 거예요."

"만약 그러다가 재수 실패하면? 졸업 늦어져도 괜찮겠어?"

"걱정 마세요. 올해 수능 보고 안 되면 과감하게 접을 거예요."

"뭐? 수능까지 며칠 남았다고 인제 와서 수능 준비를 한다는 거야?"

"한 백십여 일 정도 남은 거로 알아요."

"……그런데 올해 수능 보겠다고?"

"예, 만약 원하는 대학교 입학할 만한 점수 안 나오면 군말 없이 내년에 복학하고 바로 졸업한 다음 취업 준비할게요."

거칠 것 없는 한수의 말에 어머니가 당황한 듯 말을 잇지 못했다.

"학원은? 아니면 과외라도 받든가. 독학하는 게 얼마나 어려운지 알아? 괜찮겠어?"

"예, 한 가지 부탁이 있긴 있어요."

"뭔데?"

"할아버지 집에서 가져온 텔레비전 있잖아요. 그거 제 방에 가져다 놓고 그걸로 공부할게요. EBS PLUS 1 채널이 나오더라고요."

"……그걸로 충분할까?"

"예, 그거면 충분해요."

한수가 환한 얼굴로 미소를 지었다.

자신만 아는 이 놀라운 비밀.

자신에게는 이 텔레비전만 있으면 충분했다.

한수 엄마는 가계부를 쓰는 데 나름대로 도움이 되기 위해 근처 식당에서 서빙 아르바이트를 하고 있었다.

남편이 벌어다 주는 돈이 아주 적은 건 아니지만 그렇다고 많은 편도 아니었다. 몸이 조금이라도 성할 때 더 벌어둬야 했다.

그러나 한수 엄마는 근래 들어 여러 가지 일로 두통을 앓고 있었다. 가게에서 궂은일을 하며 가게 사장이나 손님 때문에 스트레스받는 건 둘째 치고 요즘은 하나밖에 없는 아들이 그녀를 속상하게 하고 있었다.

갑자기 무슨 바람이 불었는지 재수를 하겠다고 하더니 요 며칠 동안 방에 틀어박혀 나올 생각을 하지 않고 있었다.

가끔 공부한다고 해놓고 딴짓하는 게 아닌가 걱정돼서 슬쩍 들여다본 적이 있었는데 그럴 때마다 한수는 낡은 21인치 브라운관 TV를 보며 EBS에서 하는 수학능력시험 특강을 듣고 있었다.

그래서 며칠 전에는 텔레비전을 한 대 새로 사줄까 하는 이야기를 했는데 한수는 거듭 고개를 저으며 그 낡은 텔레비전이면 충분하다는 이야기를 하는 것이었다.

그러나 한수 엄마로서는 여러모로 걱정이 많았다.

수학능력시험까지 남은 시간은 백여 일 남짓. 그 시간에 무슨 공부를 얼마나 해서 어떤 대학교에 가려고 하는지 생각만 해도 머릿속이 잔뜩 헝클어지는 느낌이었다.

그때 카운터에 있던 여사장이 한수 엄마를 불렀다.

"아줌마! 내 말 안 들려요?"

"아, 죄송합니다. 사장님. 무슨 일 있으세요?"

"손님 가시잖아요. 상 치워야죠. 그런데 무슨 생각을 하길래 그렇게 어리바리하게 있어요?"

잔반을 정리하며 한수 엄마가 조심스럽게 입을 열었다.

"네? 그게…… 아들이 재수한다기에 그거 때문에."

"아드님이 재수를요? 복학한 거 아니었어요?"

"그러게요. 그냥 복학해서 졸업하고 적당한 곳에 취업이라도 하지 무슨 생각인지 모르겠네요."

한수 엄마 표정이 눈에 띄게 어두워졌다.

그것을 보던 여사장이 고개를 절레절레 저으며 말했다.

"아직 철이 안 들었나 봐요. 그러게 애초에 공부 잘해서 좋은 대학교에 갔으면 되는 걸 뭐하러……."

한수 엄마 표정이 구겨졌다. 백반집 여사장은 한수 엄마하고 나이 차이가 많이 나지 않았다.

그런데 그녀 아들은 듣기로는 서울 중상위권 사립대학교에 진학했다고 했다. 중산대라는 곳이었는데 아들 이야기만 나오면 으레 어깨를 으쓱하곤 했다.

여사장 말에 살짝 울분이 치솟았지만 그걸 곧이곧대로 이야기할 수는 없었다.

한수 엄마가 할 수 있는 건 어색하게 웃어 보이는 것뿐이었다.

"알아서 잘하겠죠. 그래도 열심히 공부하고 있더라고요."

"그랬으면 진즉에 좋은 대학교에 갔겠죠. 안 그래요?"

"……사장님이 걱정해 주지 않아도 좋은 대학교 갈 거예요!"

"어머, 누가 좋은 대학교 못 간대요? 말이 그렇다는 거지. 누가 들으면 제가 아줌마 아들 욕한 줄 알겠어요?"

"조금 전 말씀이 그런 어투셨잖아요. 우리 아들도 한번 했다 하면 잘하니까 걱정하지 않으셔도 되거든요?"

"아, 그래요? 기대되네요. 얼마나 좋은 대학교에 갈지. 아줌마 말대로라면 한국대학교는 우습게 들어가겠어요."

한수 엄마는 삐친 그녀를 보며 미간을 찌푸렸다.

그렇다고 여기서 더 뻗대봤자 한수 엄마가 좋을 게 하나 없었다. 어쨌거나 그녀는 임시로 식당 일을 돕는 아르바이트생이었고 상대는 이 가게 사장이었으니까.

그러나 속으로 생각하면 생각할수록 울분이 쌓이는 건 어쩔 수 없는 일이었다.

엄마한테 허락을 받자마자 한수는 방에 틀어박혔다. 오전에 셋톱박스를 새로 설치한 뒤 한수는 아침부터 오후까지 계속해서 텔레비전만 봤다.

수학능력시험이 얼마 안 남은 상황이라 EBS PLUS 1 채널에서는 백 일 대비 특강이 계속 나오고 있었다.

그러나 한수가 오판한 게 하나 있었다.

한수는 온종일 계속해서 방송을 볼 수 있다고 생각했다. EBS PLUS 1 채널은 새벽에도 방송을 하니까 그걸 믿은 것이다.

그런데 여덟 시간째 강의를 듣고 잠시 눈을 감은 채 쉬고 있을 때 또 다른 알림이 떴다.

생각지도 못한 변수가 발생해 버렸다.

[피로도를 모두 소모하였습니다. 하루 일일 최대 피로도는 8입니다. 그 이상은 채널을 구독할 수 없습니다.]

한수는 그것을 보자마자 자리에서 벌떡 일어났다.

그가 부모님 앞에서 야심 차게 재수하겠다고 선포할 수 있었던 건 브라운관 TV가 그에게 선물한 능력 때문이었다.

그러나 하루 최대 8시간만 강의를 볼 수 있다는 건 나머지 시간에는 이 능력을 활용하는 게 불가능하다는 의미였다.

"말도 안 돼."

한수가 얼굴을 구겼다.

이 능력이 활성화되는 동안 TV를 보는 것과 그렇지 않은 것의 차이는 컸다.

능력이 활성화될 때 TV를 보면 한수로서는 시간이 금방 지나간 것처럼 느껴지기 때문에 피곤하지 않다.

그뿐만 아니라 머릿속에 강의 내용도 죄다 남아 있게 된다.

하지만 능력이 활성화되지 않으면 그냥 평소 한수가 공부하는 것과 별반 차이가 없다.

그런 만큼 하루에 8시간만 이 능력을 활용할 수 있다는 페널티는 한수에게 있어서 최악의 상황이 닥친 것과 다름 없었다.

"하는 수 없지."

어쩔 수 없는 일이다.

한수는 고개를 내저었다.

노력 없이 모든 걸 해치우려 했던 자신의 잘못이다. 그래도 여덟 시간만큼은 적용이 되니 남은 시간은 자신의 노력으로 비어 있는 걸 채워야 할 듯했다.

한수는 다시 한번 눈을 감았다.

이틀 동안 한수는 수능 백 일 대비 특강을 계속 시청했다.

덕분에 김지수 강사의 비문학 특강이 6%, 심수정 강사의 영문법 특강은 8% 정도 쌓였다.

그리고 여덟 개의 피로도를 모두 다 사용한 뒤에는 문제집을 풀면서 자신이 공부한 내용을 재차 복습하고 있었다.

잠시 광고가 나오는 시간 동안 쉬고 있을 때였다.

형설관 총무한테서 전화가 왔다. 달력을 보니 오늘은 형설관 입실 고사가 있는 날이었다.

한수가 전화를 받자마자 형설관 총무가 형식적인 목소리로 물었다.

−오늘 입실 고사 보러 안 오셨길래 전화했어요.

"죄송합니다. 그럴 사정이 있어서요."

−알겠습니다.

딸깍−

전화가 끊겼다.

한수는 한숨을 내쉬었다.

형설관 입실 고사는 완전히 물 건너갔고 휴학계까지 제출해 버려서 대학교로 돌아갈 수도 없었다.

남은 시간 동안 열심히 공부해서 반드시 좋은 대학교에 입학할 생각이었다.

이제 수학능력시험까지는 백여 일 남짓 남았다.

내일부터는 수학능력시험 원서 접수를 받기 때문에 한수는 오랜만에 모교를 찾아갈 생각이었다.

9월 평가원 모의고사는 이미 접수 일자를 넘긴 터라 볼 수 없다는 게 아쉬웠다.

한수는 오늘 자 달력에 X를 쳤다.

그런 뒤 텔레비전을 끈 채 오늘 배운 걸 복습하며 내일 공부할 내용을 예습하기 시작했다.

이가 없으면 잇몸으로.

한수는 이를 악문 채 공부에 매달리기 시작했다.

한수 아버지가 퇴근하고 가족이 한자리에 모인 저녁 식사 자리.

한수 엄마는 백반 가게에서 여사장이 한 말 때문에 여전히 심통이 난 상태였다.

퇴근하면서 이야기를 전해 들은 한수 아버지도 말만 안 했을 뿐 아들에 대해 적잖게 걱정하고 있었다.

사실 일 년이라는 시간을 공들여 노력한 다음 재수를 하는 건 괜찮을지 모르겠지만 백 일 남짓 공부해서 수학능력시험을 본다는 건 위험부담이 큰 일이었다.

그래서일까. 오늘 한수 아버지도 한수에게 다시 한번 생각해 보는 게 어떻겠냐고 이야기를 넌지시 꺼내볼 생각이었다.

그러나 퇴근하고 돌아왔을 때 방 안에서 공부에 몰두해 있는 아들의 모습에 한수 아버지는 차마 말을 꺼내지는 못한 채 망설일 수밖에 없었다.

사실 그한테 아들의 이런 모습은 무척 낯설었다. 여태껏 단 한 번도 저렇게 열정적으로 공부하는 모습을 본 적이 없었고 이번만큼은 아들을 한번 믿어보면 어떨까 하는 생각이 들었다.

결국, 한수 아버지가 묵묵히 밥을 먹는 사이 참지 못한 엄마가 입을 열었다.

"한수야."

"예, 어머니."

"백 일밖에 안 남긴 했지만, 지금이라도 과외든 학원이든 다니는 건 어떻겠니?"

"아뇨, 저는 괜찮아요. 지금으로도 충분해요."

한수는 자신이 한 말을 물리고 싶은 생각은 없었다. 학원도 나쁘지 않지만 그렇게 되면 텔레비전을 볼 수 있는 시간이 줄어들게 된다.

하루 여덟 시간의 제약이 있긴 해도 텔레비전을 보는 게 그 어떤 공부보다 효율적이었다.

하지만 엄마의 태도도 완강했다. 집에서 독학하는 거로는 부족하다는 것이었다.

자신의 능력을 모르니 저렇게 걱정하는 게 당연했다.

"휴, 정 못 미더우시면 모의고사 성적 보고 이야기하셔도 되잖아요."

"그때 되면 이미 수능 한 달 남짓 남았을 텐데 그게 무슨 소용이 있어? 그러지 말고 남은 석 달만이라도 학원 다니자. 응?"

"……생각해 볼게요."

"그래, 학원은 엄마가 알아볼게."

저녁을 먹고 난 뒤 방에 들어와서 다시 독학하려 할 때였다. 노크 소리가 들리고 아버지가 방으로 들어왔다.

침대에 반쯤 걸터앉은 아버지가 한수를 보며 말을 꺼냈다.

"아들, 많이 바쁘냐?"

"예? 아뇨, 바쁘진 않아요. 복습 중이었어요."

"그럼 잠깐 시간 내어줄 수 있겠냐?"

"예? 지금요?"

"어, 잠깐 나갔다 오자."

아버지가 한수를 데리고 간 곳은 집 앞에 있는 편의점이었다.

"여기서 기다리고 있어라. 안주 좀 사서 오마."

한수가 야외 테라스에 앉아 있는 사이 아버지가 소주 한 병과 종이컵, 그리고 몇 가지 마른안주를 사서 돌아왔다.

아버지가 소주를 종이컵 두 잔에 따른 뒤 한 잔을 한수에게 내밀었다.

"한잔하자."

한수는 말없이 아버지가 따라 준 소주를 들이켰다. 오랜만에 마시는 소주에 속이 후끈거렸다. 오징어채를 집어 먹으며 아버지가 입을 열었다.

"엄마가 집 근처에 있는 백반집 다니는 거 알지?"

"예, 알고 있죠."

"거기 사장하고 대판 싸운 모양이더라."

"예? 어머니가요?"

오징어채를 잡아 뜯던 한수가 눈을 휘둥그레 떴다.

"그래. 엄마가 너 재수한다고 이야기를 했던 모양인데 그

집 사장이 얼마나 좋은 대학교 갈지 기대된다고 비아냥거렸던 모양이야."

"갑자기 왜 그런 이야기를……."

한수가 머리를 절레절레 저었다. 왜 굳이 일하는 곳에 가서 자신이 재수하고 있다는 이야기를 꺼낸 건지 납득이 되지 않았다.

그런 한수를 가만히 보던 아버지가 소주를 한잔 더 들이켠 뒤 말했다.

"한수야, 엄마 마음이라는 게 그런 거다. 자식이 무슨 일이 생기면 좋든 싫든 고민하게 되고 자식에게 좋은 일이라도 생기면 미주알고주알 떠들고 싶은 법이야. 네가 고등학교 입학하고 처음 시험 봤을 때 전교 5등 한 거 기억나냐?"

"아, 기억나죠."

한수가 머리를 긁적였다. 그때만 해도 나름대로 공부를 했고 학교에서도 기대를 받았지만, 그 이후 한수의 성적은 급격히 떨어졌었다.

"네 엄마가 그때 주변 사람들한테 그 일을 얼마나 자랑스럽게 이야기했는지 모르지? 괜히 네 엄마가 학교 운영 위원회 활동했던 거 아니야. 다 너 좋은 대학 보내려고 그런 거지."

"저는 전혀 몰랐어요."

"원래 네 엄마는 티 내는 일은 하지 않거든. 그보다 재수하기로 결심한 이유는 뭐냐? 너 원래 재수할 생각 없었잖아."

"그게, 지금 다니는 대학교보다 좋은 대학교를 졸업하고 싶었어요."

"더 좋은 대학교 나와서 뭐 하려고?"

"그럼 선택지가 더 늘어나잖아요. 더 많은 걸 할 수 있게 되잖아요."

"좋은 생각이다. 그렇지. 중졸이 취업할 수 있는 곳하고, 고졸이 취업할 수 있는 곳하고, 대학교 나온 사람이 갈 수 있는 곳은 다 다르지. 특히 우리나라에서는 그 학벌이 유독 심하고. 잘 생각한 거다."

"예, 감사합니다. 아버지."

"학교 졸업해서 뭐 할지는 생각해 봤어?"

한수는 소주를 마시며 생각을 정리했다.

아직 그 누구에게도 말하지 않았지만, 자신이 가진 이 능력의 힘은 무궁무진하다.

자신이 원하는 건 무엇이든 될 수 있다.

그렇다면 이 능력으로 무엇을 해야 할까.

"고민해 봐야죠. 할 게 너무 많아서 걱정이에요."

"대학교 입학하고 나서 고민해도 늦지 않으니까 그런 건 천천히 고민해 봐도 좋다."

"예, 그러려고요. 걱정 마세요. 뭘 하든 잘할 수 있어요."

"하하, 자신감 넘치는 모습은 보기 좋구나. 그러나 한수야, 이거 하나는 명심해 둬라. 남자는 말이다. 자신이 한 말에 책임을 질 줄 알아야 하는 법이야. 남아일언중천금, 알지?"

"예, 아버지."

"그래. 재수하겠다고 네가 스스로 말한 만큼 최선을 다해라. 알았지?"

"물론이죠."

"자자, 한잔 더 하고 들어가자. 하하."

그렇게 남은 소주를 탈탈 털어 나눠 마신 뒤 한수는 아버지를 따라 걷기 시작했다.

그리고 그는 앞서 걸어가고 있는 아버지를 빤히 쳐다봤다.

이런 멋진 아버지를 위해서라도 자신이 한 말에는 책임을 질 생각이었다.

수학능력시험 만점. 그리고 한국대학교 입학.

그날 한수는 속으로 첫 번째 목표를 결정했다.

CHAPTER 2

집에 들어오자마자 한수는 안방에 들어갔다.

침대에 누워 있는 엄마를 보며 한수가 말을 꺼냈다.

"엄마, 너무 걱정하지 마세요. 저 진짜 잘할 자신 있어요."

"자신은 무슨. 그냥 열심히 해. 많은 거 안 바란다. 엄마는 그냥 네가 잘됐으면 하는 바람에서 그러는 거야. 누가 많은 거 바란다니?"

"알아요. 절 위해서 그러시는 거. 진짜 이번에는 제가 잘할게요."

"……들어가서 어서 자. 내일 학교 가야 한다며."

"네. 안녕히 주무세요, 엄마."

한수는 차마 사랑한다는 말은 하지 못한 채 방으로 돌아왔다. 사랑한다는 말을 하기에는 염치가 없었다.

좋은 성적을 받고 합격한 뒤 그때 이야기할 생각이었다.

다음 날 한수는 모자를 푹 눌러쓴 채 아침 일찍 모교로 향했다.

수학능력시험 원서 접수 당일이어서 그런지 모교를 찾은 졸업생이 적지 않았다.

한수도 개중 한 명이었다. 그는 교무실로 향했다. 보통 행정실에서 접수하는데 한수의 모교는 3학년 교무실에서 일괄적으로 접수를 받아 처리하고 있었다.

그렇게 계단을 따라 교무실로 올라가고 있을 때였다. 한수를 붙잡는 손이 있었다.

"야! 너 강한수 맞지?"

"어?"

한수가 고개를 돌렸다가 놀란 얼굴로 소리쳤다.

"김준성! 야! 너 살아 있었냐?"

"개자식아, 휴대폰 번호 바뀌었으면 말을 해야지. 나 겁나 섭섭한 거 알지?"

"미안하다. 군대 가기 전에 휴대폰을 철회해 놓고 갔는데 누가 내 번호를 이미 쓰고 있다길래. 어쨌든 잘 지냈냐?"

"물론이지. 너는 여전하네. 아, 그건 그렇고 너 원서 접수하러 왔냐?"

한수가 고개를 끄덕이며 물었다.

"어, 수능 좀 보려고. 너는? 너도 수능 다시 보게?"

"인마, 난 이미 4수째다. 휴— 일단 올라가자. 접수부터 해야지."

"어, 그래."

이미 3학년 교무실 안에는 꽤 많은 졸업생이 모여 있었다. 그들은 교무실 안에서 줄을 선 채 수학능력시험 원서 접수 중이었다.

그러다가 한수가 준성이와 함께 교무실에 들어섰을 때 사람들의 이목이 잠깐 그들에게 쏠렸다.

동시에 한수는 고등학교 3학년 때 담임 선생님과 눈이 마주쳤다. 두 사람을 알아본 고등학교 3학년 때 담임 선생님이 한수에게 걸어왔다.

"강한수, 김준성. 3학년 6반의 문제아들. 둘이 함께 들어오는 걸 보니 벌써 두통이 올라오는구나."

"하하, 선생님. 잘 지내셨죠?"

"잘 지내다가 너희들 보니 혈압이 올라서 큰일이다. 김준성은 4수일 테고 강한수, 너도 수능 다시 보려는 거냐?"

"예, 올해 수능 보려고 준비 중입니다."

"그래? 학원 다니고 있는 거냐? 뭐, 기숙학원 이런 곳?"

"예? 아뇨, 저 얼마 전에 전역했습니다."

한수가 모자를 슬쩍 벗어 보였다. 전역한 이후로 열흘 정도 더 지났지만, 여전히 까까머리처럼 머리카락이 짧았다.

"그래? 허구한 날 맨 뒤에 숨어서 만화책만 보던 네가 군대에 갔다 오다니. 시간이 참 빠르긴 한가 보다. 준성이, 저 녀석도 군대에 갔다 와야 하는데 아직도 수능 준비 중이니 그것도 문제다, 문제야. 어쨌든 둘 다 이리 와. 원서 접수해 주마."

한수는 선생님께 여권 사진과 신분증, 그리고 접수 비용을 내밀었다.

두 사람 모두 원서 접수가 끝난 뒤 교무실에서 도망치려 했지만, 선생님에게 붙들려 매점으로 끌려와야 했다.

커피 한 캔씩을 고른 뒤 선생님과 함께 간 곳은 운동장 옆 벤치였다.

"둘 다 담배는 피우냐?"

"아뇨, 안 피웁니다."

"저도요."

"한수 너는 군대에서 담배 안 피웠냐? 대단하네."

선생님은 호주머니에서 담배를 꺼내려다 말고 벤치에 앉았다. 그런 다음 두 사람을 보며 물었다.

"둘 다 수능 준비는 많이 했냐?"

"저는 이제 하고 있어요."

"나름 노력 중입니다."

"이제 하고 있다고? 군대에서 수능 준비 했던 거 아니었어?"

"그게 그럴 만한 사정이 있어서요. 하하."

한수가 멋쩍게 웃어 보였다.

올해 수능을 보려 한다는 말을 하면 사람들이 보이는 반응은 대부분 비슷했다. 제정신이냐면서 내년에 보라는 말을 할 뿐이었다.

그러나 한수는 자신이 있었다. 그에게는 남들이 모르는 그만의 능력이 존재했으니까.

"그래, 잘해봐라. 눈빛이 달라졌구나."

선생님은 심지가 굳은 제자를 보며 눈을 빛냈다.

고등학생일 때만 해도 흐리멍덩했는데 지금은 보석처럼 반짝반짝 빛을 뿜어내고 있었다.

목표로 하는 게 분명하게 있다는 이야기였다.

이런 녀석은 걱정할 필요가 없었다.

선생님이 고개를 돌려 준성을 쳐다봤다.

이 녀석도 목표는 뚜렷하게 있는데 하필이면 그 목표가 여자에 얽매여 있다는 게 문제였다.

"준성아, 내가 언제까지 이맘때마다 네 얼굴을 봐야 하는 거냐?"

"원하는 대학교에 합격할 때까지요."

"어휴, 적당한 곳에 지원했으면 진즉에 대학교 다니고 있을 녀석이……."

"그래도 최선을 다해봐야죠."

"그래, 그래. 네 똥고집을 누가 말리겠냐. 둘 다 만나서 반가웠다. 아, 맞다. 한수야. 나중에 누가 네 은사냐고 물으면 꼭 나라고 밝혀다오. 으하하하."

선생님이 떠난 뒤 한수가 준성을 보며 물었다.

"조금 전 선생님이 한 말, 무슨 의미야?"

"아, 그럴 일이 있어."

"도대체 뭔 일인데?"

"어, 음."

준성이 머뭇거리며 조심스럽게 입을 열었다.

요는 간단했다. 재수하기로 결심한 뒤 재수 학원에 다니게 됐는데 그때 푹 빠진 여자아이가 생겼다는 것이다.

그 뒤 그 여자아이하고 같은 대학교에 가기로 했는데 그 여자애는 붙은 반면, 준성이는 예비 17번으로 아깝게 떨어졌다는 것이었다. 그래서 그 여자애하고 같은 대학교에 다니려고 또다시 수능을 준비 중인 것이라고 했다.

한수가 그런 준성을 바라봤다.

"독한 녀석. 그래서 군대도 미루고 여태 수능 본 거야?"

"그럼 어떻게 해? 그래도 올해는 될 거 같아. 6월 평가원 모의고사 성적도 나쁘지 않게 나왔거든."

"휴, 그래. 잘해봐라. 뭐 네가 알아서 잘하겠지."

고등학교 때도 뭐 하나에 꽂히면 그것만 인정사정없이 파헤쳤던 놈이 준성이다.

한수는 자신이 이야기해 봤자 씨알도 안 먹힐 거라는 걸 잘 알고 있었다.

"여하튼 만나서 반가웠다. 나중에 얼굴 보자고. 이따가 또 학원에서 시험 있어서 가 봐야 해."

"눈코 뜰 새 없이 바쁜가 보네. 알았어. 다음에 봐."

"아, 맞다. 너 휴대폰 번호 바뀌었다며? 여기 찍어줘."

한수는 준성이가 건넨 휴대폰에 번호를 꾹꾹 찍어 건넸다. 통화 버튼을 누르는 것도 잊지 않았다.

"다음에 보자."

"그래, 잘 들어가라."

한수는 헤어진 뒤 부리나케 집으로 향했다.

하루 주어진 피로도는 여덟 시간. 그 시간을 최대한 활용해야 했다.

집으로 돌아온 뒤 한수는 방에 틀어박혔다.

오늘도 한수는 여덟 시간 동안 강의를 들은 뒤 남은 시간은 예습 및 복습에 철저히 매달릴 생각이었다.

고등학교 3학년 때 한수는 언어 과목과 사탐 과목은 꽤 좋은 성적을 받았지만 수학하고 외국어에서 점수가 삐끗하며 좋은 대학교에 진학할 수 없었다.

이번에 한수가 집중적으로 준비하려는 과목은 수학과 외국어, 특히 외국어였다.

한수는 간단히 점심을 챙겨 먹은 다음 EBS PLUS 1 채널 편성표를 확인했다. 한수가 취한 전략은 간단하지만 가장 효율적이었다.

필요로 하는 과목은 피로도를 쓰고 그렇지 않은 과목은 개인 공부를 한다. 특히 주된 피로도는 수학하고 영어에 사용한다.

선택과 집중이었다.

한수는 편성표를 확인하며 원하는 강의는 브라운관 TV를 통해 보고 그렇지 않은 강의 시간에는 문제집을 푸는 형태로 계속 공부를 이어 나갔다.

그러는 사이 어느덧 시간이 훌쩍 지나갔다.

미적분 강의가 끝나자 배에서 꼬르륵 소리가 우렁차게 울려댔다.

한수는 텔레비전을 끄고 방에서 나왔다.

기지개를 켜며 향한 곳은 주방이었다.

요리를 잘하는 건 아니지만 간단하게 뭐라도 해서 먹어야 할 듯했다.

그래 봤자 한수가 할 줄 아는 요리는 볶음밥과 계란후라이, 김치찌개, 간장계란밥 정도가 전부였다.

계란을 풀어 스크램블로 만든 뒤 적당할 때 따뜻하고 고슬고슬한 밥에 올린 뒤 간장을 한 수저 위에 부었다. 그 위에 마요네즈까지 살짝 올리자 금세 먹을 만한 간장계란밥이 완성됐다.

한수는 허기진 배를 채우며 앞으로의 일을 고민했다.

어떻게든 이번 수학능력시험을 잘 치를 생각이었다. 게다가 한수는 군대에 갔다 왔기 때문에 사실상 3수인 상태였고, 그 의미인즉슨 고등학교 때 내신이 아니라 비교 내신을 적용하는 게 가능했다.

그렇다면 정말 한국대학교에 입학하는 것도 불가능한 건 아니라는 의미였다. 사실 한국대에 입학해서 자신을 무시한 몇몇 사람한테 본때를 보여주고 싶은 마음도 없지 않아 있긴 했다. 특히 엄마가 백반집 사장한테 무시당했다는 게 가장 컸다.

"어? 아들 밥 먹고 있냐?"

"예, 그냥 간장계란밥 만들어서 먹고 있었어요."

현관문이 열리고 아버지가 들어왔다. 아버지는 공기에 간장계란밥을 만들어 먹고 있는 한수를 힐끗 보다가는 그 옆에 자리를 잡고 앉았다.

한수가 그런 아버지를 빤히 쳐다봤다.

"무슨 일 있으세요?"

"혼자 먹으면 맛있냐? 내 것도 하나 만들어줄 수 있지?"

"……잠시만요."

항상 자신의 편이 되어주는 아버지를 위해 한수는 간장계
란밥을 하나 더 만들기 시작했다. 얼마 지나지 않아 완성된 간
장계란밥을 아버지 앞에 놓았다. 허겁지겁 밥을 먹는 아버지
를 보며 물었다.

"저녁 안 드시고 오셨어요?"

"오늘은 칼퇴근했다. 부장님이 회식하자는 거 말리고 왔어.
만약 오늘 회식했으면 나 완전히 난도질당했을 거다."

"회사 일은 어떠세요?"

"회사 일은 걱정하지 말고 우리 아들은 수능 준비만 열심히
하면 된다. 네가 결혼하기 전까지는 내가 어떻게든 너 지원해
줄 테니까."

"감사합니다, 아버지."

그러는 사이 한수가 먼저 공기를 비웠다. 그걸 보던 아버지
가 웃으며 말했다.

"들어가서 공부해. 설거지는 내가 해두마. 그리고 맛있게
잘 먹었다. 고맙구나."

한수가 멋쩍게 웃어 보였다. 별거 아닌 간장계란밥이었지

만, 그래도 고생하고 온 아버지가 맛있게 먹었다고 하니 은근히 기분이 좋았다.

다시 방으로 돌아온 한수는 의자에 앉은 다음 기지개를 켰다. 그런 뒤 텔레비전을 켰다. 마저 공부할 생각이었다.

그렇게 강의 하나를 추가로 더 들었을 때였다. 바깥에서 소란스러운 소리가 들렸다.

엄마가 집에 돌아온 듯했다. 한수는 텔레비전을 끈 뒤 눈을 감았다. 오늘 꽤 많은 강의를 쉬지 않고 들은 탓에 약간의 두통이 있었다.

지끈거리는 머리를 감싼 채 눈을 감고 있을 때였다. 눈앞에 또다시 글자가 떠오르기 시작했다.

[박미정 강사님의 수학1 강의 경험치를 2% 획득합니다. 현재 수학 관련 강의는 모두 15%의 경험치가 쌓인 상태입니다. 이제부터 수학 관련 강의를 들을 때마다 응용력이 추가로 강화됩니다.]

한수는 고민 중이던 문제 하나가 수월하게 풀리자 눈을 휘둥그레 떴다.

사실 수학 과목은 한수에게 가장 큰 약점 가운데 하나였다.

영어는 이해보다는 암기가 중요했다. 반면에 수학은 암기보다 이해가 핵심인 과목이었다.

수학능력시험에서 대부분의 문제가 심화되거나 살짝 바뀌어서 나온다는 걸 생각해 보면 응용문제만큼은 어떻게 풀어야 할지 감이 안 잡히고 있었다.

그런데 15%의 경험치를 쌓자 그 문제가 해결된 것이다.

한수 입장에서는 하늘에서 동아줄이 내려온 것이나 다름없었다.

그때 연거푸 알림창이 떠올랐다.

[최소한의 등급 심사 조건을 해제하였습니다.]

[등급 심사에 통과하려면 EBS PLUS 1 채널에서 최소 두 과목을 100% 달성하셔야 합니다.]

[등급 심사에 통과하면 한 개 채널을 추가로 획득할 수 있습니다.]

[157번 채널을 마스터할 경우 추가로 획득 가능한 채널은 78번 혹은 119번입니다.]

두 가지 채널 중 하나를 추가로 얻을 수 있는 상황.

일단 78번 채널과 119번 채널이 어떤 채널인지는 알 수 없지만, 한수에게 있어서 나쁘지 않은 일이었다.

EBS PLUS 1 채널 말고 다른 채널도 얼마든지 자신의 능력으로 만들 수 있다는 의미였으니까.

'혹시 두 채널이 각각 뭔지 알 수 있을까?'

새로 얻을 수 있는 두 가지 채널이 무엇인지 너무나도 궁금했다.

한수는 침대에 누운 채 생각을 정리했다.

오늘 알림창을 통해 몇 가지 정보를 확인할 수 있었다.

저 브라운관 TV는 요물이었다. 그렇지만 정상적인 텔레비전이기도 했다. 채널이 달랑 한 개만 있는 건 아니었다. 두 가지 채널을 더 확보했다.

78번과 119번. 어떤 채널인지 알 수 없지만, 지상파 채널은 분명 아닐 터였다.

한수는 쇠뿔도 단김에 빼라고 채널을 검색해 보기로 마음먹었다. 인터넷으로 검색해 본다면 78번 채널과 119번 채널에서 무슨 방송이 나오는지 알아낼 수 있을 게 분명했다.

그때 밖에서 엄마 목소리가 들렸다.

"강한수! 너 잠깐 나와봐."

한수는 화면이 켜지던 컴퓨터를 보다가 일단 방 밖으로 나왔다. 지금 당장 확보할 수 있는 채널이 아니었다. 굳이 목을 맬 필요는 없었다.

어머니는 소파에 앉아 있었다.

소파 앞 테이블 위에는 여러 개의 팸플릿이 놓여 있었다. 전부 다 잘나가는 재수 종합 학원 팸플릿들이었다.

"이건 뭐예요?"

"학원 알아본다고 했잖아. 한번 봐. 집에서 혼자 공부하는 것보다 학원 다니는 게 더 도움 될 거야."

"괜찮대도요. 진짜 걱정 안 하셔도 돼요."

"내가 어떻게 걱정을 안 하니. 이러다가 올해 망하고 내년도 망하면 어쩌려고?"

"저 올해 딱 한 번만 볼 거예요. 내년에는 볼 생각 없어요."

한수가 입술을 깨물었다.

자신의 이 능력을 모르는 이상 누구라도 걱정할 게 분명했다. 차라리 여기서는 어머니하고 타협하는 게 한결 더 나을지도 몰랐다. 그리고 그 걱정을 덜어드릴 필요도 있었다.

"그럼 이렇게 해요."

묵묵부답인 어머니를 보며 한수가 재차 말을 이었다.

"그 학원에 입학하려면 어떻게 해야 한대요?"

"전년도 수능 성적표를 가져오거나 입실 시험을 본다더구나. 입실 시험은 수학과 영어를 본다고 했고. 어때? 학원 갈 마음이 든 거야?"

"아뇨, 일주일 뒤 엄마가 고른 학원에 가서 입실 고사를 볼게요. 그 성적 보고 결정해요. 그럼 되잖아요."

"뭐?"

"입실 고사 성적이 잘 나온다면 굳이 학원에 안 다녀도 된다는 거잖아요. 제가 둘 다 만점 받아볼게요. 그럼 저 집에서 공부하는 거 문제 삼지 말아주세요."

한수가 강하게 나왔다.

한수 엄마는 불안한 얼굴로 한수를 쳐다봤다.

고등학교 입학할 때까지만 해도 주변 친구들 아무한테나 자랑해도 흡족한 아들이었는데 어느 순간 공부에 흥미를 잃더니 이제는 눈에 넣으면 아플 녀석이 되고 말았다.

그래도 최근 하는 모습을 보면 열심히 하는 것 같긴 했다. 어떻게 해야 하나 고민하던 한수 엄마가 끝내 고개를 끄덕였다. 무작정 밀어붙인다고 해서 해결될 일도 아니었다.

"그래. 거기 상담 선생님한테는 그렇게 이야기해 두마. 만약 그때 성적이 형편없게 나오면 꼼짝없이 학원 다니면서 내년 수능에 전념하는 거다. 그렇게 할 거지?"

"예, 그럴게요."

한수는 엄마와 거래를 한 뒤 방으로 들어왔다.

전 과목을 다 봐야 하는 거라면 아직은 부담이 된다.

그러나 수학과 영어, 두 과목이라면 문제없다.

수학은 15%의 경험치가 쌓여서 응용문제의 이해도가 높아졌고 영어도 현재 13%의 경험치가 쌓인 상태다.

2%의 경험치가 추가로 쌓인다면 또 다른 게 강화될 것이 분명했다.

한수는 곧장 텔레비전을 켰다.

지금부터는 영어 독해 강의 시간이다. 한수는 곧장 강의에 집중하기 시작했다.

영어 독해를 끝냈다.

영문법, 영어 듣기, 영어 독해 등 영어 관련 과목 경험치가 모두 15% 쌓였다.

한수는 두근거리는 마음을 뒤로한 채 눈앞에 떠오를 알림창을 기대하며 눈을 감았다.

예상했던 대로 영어 과목도 강화가 되었다.

[이제부터 영어 관련 강의를 들을 때마다 영어와의 친밀도가 상승합니다.]

더 이상 떠오르는 알림창은 없었다.

한수는 눈을 뜬 채 고민했다.

영어와의 친밀도가 상승한다는 건 무슨 의미일까?

조금 추상적인 설명이었다.

아무래도 이 부분은 영어 공부를 하며 틈틈이 알아봐야 할 것 같았다.

영어 독해 강의가 끝난 뒤 다음 강의는 제2외국어 강의였다. 아랍어 관련 강의였다. 다른 제2외국어도 많지만 가장 높은 점수를 받을 수 있는 게 바로 아랍어였다.

아랍어가 시작하기 전 텔레비전에서는 광고가 나오고 있었다. 한수는 이 짧은 시간 동안 아까 전 켜뒀던 컴퓨터 앞으로 의자를 옮겼다. 그런 다음 EBS PLUS 1과 157번 채널을 검색했다.

역시 인터넷에는 없는 정보가 없었다.

국내 3대 통신사 중 한 곳인 KV에서 제공하는 IPTV 서비스가 EBS PLUS 1 채널을 157번으로 제공 중이었다.

한수는 KV 홈페이지에 접속한 다음 채널별 편성표를 확인했다.

스크롤을 아래로 내려다보니 채널별 편성표는 지상파/종편/홈쇼핑, 드라마/오락/음악, 영화/시리즈, 스포츠/레저 등 다양한 카테고리 아래 채널이 묶음 형태로 분류되어 있었다.

그리고 한수가 제일 먼저 찾아낸 건 78번이었다.

"퀴진 TV? 이건 무슨 채널이지?"

한수는 퀴진 TV 앞에 마우스를 가져다 댄 다음 클릭했다.

퀴진(Cuisine) TV, 여기서 퀴진은 프랑스어로 요리를 가리키는 용어였다.

즉, 이 채널은 요리 관련 프로그램을 전문적으로 다루는 채널이란 의미였다.

한수는 곰곰이 생각해 봤다.

"그럼 이 채널에서 나오는 프로그램을 보면 요리 지식이 늘어나게 되는 건가?"

한수가 할 줄 아는 요리는 몇 개 없다.

여기서 등급이 오르며 채널을 한 개 더 획득하게 되었을 때 퀴진 TV를 보면 어떻게 될까?

전문적인 요리 지식이 늘어나는 걸까?

직접 시도해 보기 전에는 알 방법이 없었다.

한수는 119번 채널을 찾기 시작했다. 119번 채널은 레저 카테고리에 포함되어 있었다.

평소 프리미어리그 광팬인 한수는 형설관에서 허구한 날 해외 축구 방송을 보고 일요일에는 조기축구를 뛸 만큼 축구에 관심이 많았다.

그렇다 보니 119번 채널이 내심 해외 축구 관련 방송이길 바랐다. 그러나 119번 채널은 낚시 TV였다.

한수는 그것을 보며 멋쩍게 웃었다. 낚시도 나쁘지 않은 능력이긴 했다. 특히 아버지가 가장 좋아하는 취미가 낚시였다. 만약 이 채널을 구독할 수 있게 된다면 아버지를 따라 낚시하러 다니는 것도 충분히 가능할 터였다.

전혀 낚시할 줄 모르는 아들이 갑자기 따라나선 낚시에서 월척을 잡아 올린다면? 당황하면서도 좋아할 아버지 얼굴이 눈에 선했다.

그러나 요리도 나쁘지 않았다. 특히 요리는 언제 어디서든 유용하게 써먹을 수 있다는 점이 가장 좋았다.

무엇보다 한수는 근래 들어 조금씩 요리에 관심을 기울이고 있었던 참이었다.

그리고 보니 한수는 또 하나 특별한 걸 깨달을 수 있었다.

EBS PLUS 1 채널부터 퀴진 TV, 낚시 TV 모든 채널이 다 자신이 평소 관심이 있었던 종목들과 연관이 있었다.

공무원 시험과 재수를 고민했을 때 제일 먼저 EBS PLUS 1 채널을 획득했고 그 이후 요리에 관심을 가지게 되자 퀴진 TV 채널을 얻을 수 있게 됐다. 낚시 TV는 평소 낚시를 좋아하는 아버지와 그런 아버지와 취미를 공유하고 싶은 한수의 마음에서 비롯된 것이었다.

그러나 현재로서는 그림의 떡일 뿐이었다.

아직은 새로운 채널을 확보하지 못해서였다.

한수는 일주일 동안 방에 틀어박힌 채 강의에 집중했다.

수학과 영어에 주된 힘을 쏟았고 시험을 보기 전날 두 과목 모두 50%까지 경험치를 쌓아 올릴 수 있었다.

점점 더 많은 문제집을 풀 때마다 문제 적중률이 크게 올라갔고 응용문제도 조금씩 풀 수 있게 되었다.

그러면서 경험치가 50%가 되었을 때 한수의 능력이 다시 한번 강화됐다.

[현재 수학 관련 강의는 모두 50%의 경험치가 쌓였습니다. 이제부터 수학 관련 강의를 들을 때마다 이해도가 추가로 상승합니다. 수학 문제를 풀이할 때 자동으로 암산이 가능해집니다.]

한수는 믿을 수 없다는 얼굴로 텔레비전을 쳐다봤다.

50%의 경험치를 쌓게 되면서 추가로 능력이 강화됐다. 개중 가장 마음에 드는 건 자동 암산이었다.

복잡한 공식을 풀이할 때면 항상 노트에 메모해 가며 풀어야 했다. 또, 그럴 때마다 틀리진 않았는지 걱정하기 일쑤였다.

그런데 자동 암산 능력을 얻었다. 이제부터는 메모지도 필요 없을뿐더러 재차 검산할 필요도 없어졌다.

게다가 좋은 건 그것만이 아니었다. 영어 강의도 50%의 경험치가 쌓인 상태였다.

[현재 영어 관련 강의는 모두 50%의 경험치가 쌓였습니다. 이제부터 영어 관련 강의를 들을 때마다 회화 능력을 추가로 얻습니다. 경험치가 쌓일수록 회화 능력이 강화됩니다.]

이것 역시 나쁘지 않았다.

수학능력시험에 쓰이는 영어와 별개로 회화 능력이 강화된다는 건 실생활에서도 유용하게 쓰일 수 있다는 의미였다.

'그렇다는 건 다른 언어도 50%만 쌓으면 회화 능력을 추가로 얻을 수 있다는 건데…….'

이후 등급이 오르고 다른 채널을 확보할 수 있더라도 EBS PLUS 1 채널은 종종 찾아봐야 할 것 같았다.

중국어, 일본어, 아랍어, 스페인어, 프랑스어 등 다양한 제2외국어를 자신의 스펙으로 쌓을 수 있다는데 망설일 이유가 없었다.

다음 날 이른 아침, 한수는 엄마와 함께 지하철을 타고 태왕학원으로 향했다.

오늘은 엄마하고 한 약속을 지켜야 하는 날이었다.

한수 엄마가 고른 곳은 국내 최고의 종합 학원이라고 평가를 받는 태왕학원이었다.

최신식으로 지어진 태왕학원 안으로 들어선 모자는 곧장 상담실로 향했다. 미리 연락을 받은 듯 뿔테 안경을 쓴 상담 선생님이 상담실 안으로 곧장 들어왔다.

"어머님, 어서 오세요."

"선생님, 얘가 한수예요. 한수야, 인사드려. 상담 선생님이셔."

"처음 뵙겠습니다. 강한수라고 합니다."

"한수 학생, 어머님께 이야기를 듣긴 했는데 굳이 이번 수능을 봐야 할 이유가 있어요? 차라리 지금부터 부지런히 준비해서 내년 수능을 보는 건 어때요? 이제 80일도 채 안 남았는데 괜찮겠어요?"

"예, 괜찮습니다."

"음, 2013년에 한수 학생이 봤던 수능 성적표를 보니까 인서울 최하위권 정도던데 목표로 하는 대학은 어딘지 알 수 있을까요?"

한수가 웃으며 대답했다.

원래 목표로 하던 곳은 인서울 중상위권 대학교였다. 그러나 자신이 가진 이 능력이라면 그보다 높은 곳을 목표로 해도 충분했다.

무엇보다 한수가 원하는 건 세상을 바꾸는 일이었다. 고작이 정도에 자신감을 잃어서는 안 됐다.

한수가 자신감 넘치는 목소리로 대답했다.

"한국대학교요."

"……뭐, 뭐라고요?"

상담 선생님이 어안이 벙벙한 얼굴로 한수를 쳐다봤다. 그러나 한수는 아랑곳하지 않고 입을 열었다.

"지금 바로 시험 볼 수 있을까요? 집에 가서 또 공부해야 하거든요."

상담 선생님 얼굴이 새빨개졌다. 그것도 잠시, 그녀가 흥분을 억누르며 미소를 지은 채 말했다.

"좋아요. 한수 학생이 원한다는데 그렇게 하죠. 어머님도 괜찮으시죠?"

"그렇게 해주세요. 이 녀석이 요새 공부하더니 너무 자신만만해져서…… 선생님이 이해해 주세요."

"괜찮습니다. 지금 바로 시험을 보도록 하죠. 시험 보는 동안 어머님은 저하고 마저 이야기 나눠요. 그럼 우선 아드님 안내부터 해드릴게요."

한수는 상담 선생님을 따라 상담실 옆에 마련된 작은 휴게실로 향했다.

그곳에서 선생님은 수학 문제지를 먼저 건넸다.

"우리 학원에서도 한국대학교 진학을 원하는 수재들에게 입실 시험으로 내는 문제지예요. 다 못 풀어도 괜찮으니까 힘닿는 데까지 풀어봐요."

봄바람이 날리는 것처럼 부드러운 말투였지만 그 속내는 전혀 달랐다.

그러나 한수는 말없이 문제지를 펼쳤다.

수학능력시험보다 훨씬 더 어려운, 변별력 높은 난이도의 문제들이 즐비했다.

한수는 차분히 문제를 풀기 시작했다. EBS PLUS 1에서 봤던 문제는 거의 없었다. 대부분 응용문제였고 난이도가 잔뜩 심화된 상태였다.

그러나 한수는 경험치를 50% 넘기면서 응용 능력도 한층 강화되어 있었다. 낯설기만 했던 문제도 아무 문제 없이 풀 수 있었다.

그렇게 사십여 분쯤 지났을 때 한수는 모든 문제를 다 풀어 냈다.

남은 시간 동안 검토를 마친 뒤 한수는 뿌듯한 얼굴로 시험지를 바라봤다. 자신이 여기 나온 모든 문제를 완벽하게 풀었다는 게 이렇게 뿌듯할 수가 없었다.

예전이라면 상상도 할 수 없는 일이었다.

그렇게 오십 분이 모두 지난 뒤 아까 전 상담 선생님이 휴게실 안으로 들어왔다.

그녀가 한수를 보며 물었다.

"어때요? 많이 어렵죠? 그러니까······."

"네? 다 풀었는데요."

"정말요? 거짓말하는 거 아니죠?"

"직접 확인해 보시면 되겠네요. 다음은 영어 시험인가요?"

"네? 아, 마, 맞아요. 여기 시험지요. 이것도 똑같이 오십 분 주어질 거예요. 바로 시작할 건가요?"

"예, 괜찮아요."

그녀가 당황한 듯 머뭇거리다가 황급히 문제지를 가지고

재빠르게 자리를 떠났다. 한수가 영어 시험을 치르는 사이 답 안지와 맞춰보려는 듯했다.

그러나 한수는 아랑곳하지 않은 채 영어 시험을 시작했다. 이번에도 난이도는 상당했지만, 한수는 어렵지 않게 문제를 풀 수 있었다.

그렇게 오십 분 동안 한수는 영어 시험도 완벽하게 끝냈다.

상담 선생님은 당황한 얼굴로 들어와서는 영어 시험지도 챙겨 나갔다.

그녀가 나간 뒤 한수도 뒤따라 상담실로 돌아왔다.

그러자 엄마가 다소 놀란 얼굴로 물었다.

"너 시험을 어떻게 본 거야?"

"왜요? 무슨 문제 있어요?"

"아니, 상담 선생님이 깜짝 놀라시던데?"

"그래요? 제가 너무 잘 본 거 아닐까요?"

"네가? 정말?"

쾅!

그때 문이 벌컥 열렸다. 상담 선생님이 상기된 얼굴로 들이 닥쳤다. 떨리는 손으로 수학 시험지와 영어 시험지를 들고 있 던 그녀가 한수를 바라보며 소리쳤다.

"어, 어떻게!"

"무슨 일 있나요?"

한수가 능청스럽게 물었다. 상담 선생님은 말문이 막힌 듯 아무 말도 하지 못했다.

답답해하던 한수 엄마가 그녀를 보며 물었다.

"선생님, 무슨 일이세요? 우리 아들 성적이 잘 안 나왔나요?"

"어, 어머님. 그, 그게 아니라…… 지난번에 가져오셨던 성적표 있잖아요. 그거 정말 아드님 성적표 맞아요?"

"그럼요. 무슨 문제라도 생겼나요?"

"아, 아니요. 전역 전까지 한 번도 수능 공부 안 하신 것도 맞고요?"

"요즘 집에서 공부하곤 있는데 그것도 얼마 안 됐죠. 갑자기 그건 왜 물으세요?"

상담 선생님은 믿을 수 없다는 얼굴로 한수를 바라보다가 당황한 얼굴로 말했다.

"음, 그러니까 아드님 성적이, 어, 음."

좀처럼 말을 잇지 못하는 상담 선생님 모습에 엄마가 눈살을 찌푸리며 물었다.

"선생님, 제대로 말 좀 해주세요. 성적이 어떻길래요? 입학 기준에 미달인가요?"

"아, 아뇨. 그럴 리가요. 지금 당장 한국대학교 입시 특별반에 들어가도 무리가 없을 성적이에요! 두 과목 모두…… 만점을 받았거든요. 그래서 정말 긴가민가해서요. 분명 당시 수능 성적하고 또 그동안 공부 안 한 거 감안하면……."

"우, 우리 아들이 만점을 받았다고요? 정말로요?"

"예, 그것도 한국대 특별반 애들 수준에 맞게 가려낸 문제들인데 한 문제도 틀리질 않아서. 어머님, 바로 입학 준비 도와드릴까요? 학원비도 제가 최대한 많이 깎아드릴게요!"

"아들, 어떻게 할래?"

엄마 목소리가 평소와 달랐다.

평소보다 훨씬 더 부드러워져 있었다.

이질적인 그 느낌에 움찔한 한수가 멋쩍게 웃어 보였다.

"저는 굳이 학원 다닐 필요가 있을까 해서요. 지금처럼 집에서만 공부해도 충분히 한국대학교에 들어갈 수 있다고 자신해요."

"그래? 우리 아들은 그렇다는데 어떻게 하죠?"

"어, 어머니. 그러지 말고 입학하는 게 여러모로 유리해요. 아시다시피 저희 학원에서 한국대학교 입학생을 엄청 많이 배출하는 거 알고 계시죠? 나중에 학교 가서도 같은 학원 출신이라 친구 사귈 때도 도움이 많이 되는 데다가 또 입학하게 되면 장학금도 지원해 주거든요. 이런저런 혜택이 정말 많아요."

"……한번 생각해 보고 연락드려도 될까요?"

"예예, 물론이죠. 꼭 연락 부탁드려요. 원장 선생님께서 여러모로 혜택을 더 많이 드릴 수도 있을 거예요. 제가 잘 말씀 드릴게요."

계속 굽실거리는 상담 선생님을 뒤로한 채 한수는 어머니와 함께 태왕학원을 나왔다.

어머니는 아까 전과 달리 한껏 어깨를 펴고 있었다. 표정에도 감출 수 없는 기쁨이 대놓고 드러나 있었다.

가만히 그 모습을 보던 한수는 공부를 잘한다는 게 이렇게 부모님을 즐겁게 할 수 있다는 생각이 들었다.

효도라는 게 멀리 있는 게 아니었다. 이런 것도 충분히 효도가 될 수 있었다.

그때 한수를 부르는 목소리가 있었다.

"어? 강한수? 야! 강한수? 널 여기서 또 만나네?"

고개를 돌려보니 준성이었다.

한수가 의아한 얼굴로 물었다.

"너 여기 학원 다녀?"

"어, 너도냐?"

"아니, 학원 안 다닌다니까? 그냥 엄마가 한번 와보자고 해서."

"올해 수능 본다며? 내년으로 미룬 거야?"

"그게 아니라……."

그때 엄마가 한수에게 걸어왔다.

"누구야?"

"고등학교 동창이에요. 준성이라고, 여기 태왕학원 다니고 있대요."

"그래? 만나서 반가워요. 한수 엄마예요."

"처음 뵙겠습니다. 김준성이라고 합니다."

"재수 중인가 보네요. 공부 열심히 해서 꼭 좋은 대학교 합격하길 바라요."

"하하, 감사합니다. 그런데 저 곧 강의 시간이라서…… 먼저 들어가 보겠습니다. 한수야, 나중에 연락할게."

바쁘게 태왕학원으로 들어가는 준성이를 보던 엄마가 한수에게 물었다.

"학원 안 다닐 거지?"

한수는 엄마 말에 단호한 목소리로 말했다.

"안 다닐게요."

하루 여덟 시간 TV를 보는 것만으로도 시간이 부족했다.

한수에게 학원은 시간 낭비에 불과했다. 오늘은 그것을 제대로 확인하는 날이었다.

늦은 저녁 무렵 아버지가 퇴근했다.

엄마는 아버지가 퇴근하자마자 오늘 태왕학원에서 있었던 일을 자신이 겪은 일인 것처럼 떠들썩하게 이야기하기 시작했다.

아버지는 그런 엄마의 기분에 적당히 장단을 맞춰줬다. 엄마는 온종일 싱글벙글하였다. 백반집이 쉬는 날이었기에 망정이지 쉬는 날이 아니었다면 백반집 여사장한테도 쉴 새 없이 자랑했을 게 분명했다.

그렇게 한동안 아들 자랑이 이어진 뒤 아버지가 한수를 따로 불러내서 물었다.

"고생 많았다."

"고생은요. 고생한 거 하나 없어요."

아버지가 할아버지한테 선물했던 그 브라운관 TV가 도와준 일이다. 한수가 손사래를 쳤다.

아버지는 호주머니에서 지갑을 꺼내 5만 원권 지폐를 한 장 한수에게 건넸다.

"주말에는 머리 좀 식히고 바람도 쐬고. 네 엄마가 저렇게 좋아하는 걸 보니 나도 좋구나. 하하."

"수능도 잘 볼 테니까 걱정 마세요."

한수가 멋쩍게 웃어 보였다.

다음 날 오전 아홉 시가 지나자마자 태왕학원에서 부리나케 전화가 왔다.

태왕학원 등록금 면제, 수업료 면제. 전부 다 면제하고 장학금도 줄 테니까 학원에 이름만 올려달라는 부탁이었다.

그들이 요구한 조건은 하나였다.

한국대학교 입학.

한수네 가족은 태왕학원이 왜 저렇게 안달이 난지 알 수 있었다. 한국대학교 입학만이 아니라 수학능력시험 만점도 어쩌면 가능할 수 있다.

그냥 재수생이 수능 만점을 받았다면 아무 의미 없지만 태왕학원 출신 재수생이 만점을 받는다면 의미가 달라진다.

국내 1위라고 평가받는 태왕학원의 신뢰도도 한층 더 두터워질 게 분명했다.

태왕학원이 노리고 있는 건 그것이었다.

그러나 한수는 단칼에 그 제안을 거절했다. 괜히 몇 푼 안 되는 돈에 자신의 이름을 팔고 싶은 생각은 없었다.

그렇게 한수는 방에 틀어박힌 채 계속 공부에 매달렸다. 경험치는 무럭무럭 쌓이기 시작했고 텔레비전을 안 볼 때는 수험서를 읽고 문제집을 풀며 자기만의 공부를 이어 나갔다.

그러는 사이 시간이 훌쩍 지나 수학능력시험도 한 달 앞으로 다가왔다.

한수는 아침 일찍 일어나 준비를 서둘렀다.

오늘은 10월 모의고사가 있는 날이었다.

그러나 10월 모의고사는 재학생만 볼 수 있는 시험이었다. 그런 탓에 한수는 집에서 혼자 시험 시간에 맞춰 모의고사를

치를 생각이었다.

자신의 현재 수준을 확인하고 가다듬어야 할 부분을 확인해 보기 위해서였다.

그래서 한수는 아직 한 번도 풀지 않은 모의고사 문제집을 꺼냈다. 사실 어느 정도 자신감이 차 있는 상태이긴 했다. 얼마 전 태왕학원에서 본 시험 덕분이었다.

오전 8시 40분.

한수는 언어 영역을 시작으로 자신만의 모의고사에 돌입했다.

오후 5시 40분, 아홉 시간이 지난 뒤에야 한수의 모의고사가 끝이 났다.

고등학교 3학년 때 본 수학능력시험 이후 최초로 본 모의고사였다.

한수는 모의고사를 되새김질했다.

수학 영역과 영어 영역은 생각보다 어렵지 않았다. 오히려 쉽게 풀이한 문제도 꽤 있었다.

반면에 조금 까다로웠던 건 언어 영역이었다. 특히 문학 지문에서 어려움이 있었다.

한수는 시간을 내서 모의고사를 본 게 잘한 선택이라는 생각이 들었다. 만약 모의고사를 보지 못했다면 자신의 약점을 제대로 파악하지 못했을 것이다.

한수는 정답지를 옆에 놓은 다음 차근차근 채점을 매겼다.

언어 94점, 수학 96점, 영어 97점, 사탐 94점, 한국사 50점, 제2외국어도 50점 만점.

한수는 성적을 놓고 자신만의 평가에 들어갔다.

전체적인 성적은 매우 훌륭했다. 이 정도면 서울 최상위권 대학은 무리 없이 노려볼 만한 수준이었다.

하지만 한국대학교 경영학과에 비비기엔 조금 부족했다.

꾸준히 텔레비전을 보며 경험치를 쌓았던 수학과 영어는 변별력이 매우 높았던 고득점 문제 하나씩을 틀린 걸 빼면 다 맞혔지만, 언어 영역, 그리고 사탐 영역의 점수가 낮은 편이었다.

특히 사회탐구 중 법과 정치에서 3점짜리 문제 두 개를 틀린 게 컸다.

실제 수학능력시험이었다면 한국대학교에 지원했어도 떨어졌을 가능성도 충분히 있었다.

한수는 한숨을 내쉬었다.

하지만 여기서 주저앉기엔 아직 일렀다.

시간은 충분했다. 매일 피로도를 아낌없이 써서 부족한 점을 반드시 메울 생각이었다. 그래도 부족한 점은 밤을 새워서라도 공부할 생각이었다.

어떻게 보면 다시 시작하는 인생이었다. 후회 없이 살아가고 싶었다.

한수는 다짐하며 방에서 나왔다. 계속 앉아서 모의고사를 치른 탓에 온몸이 찌뿌둥했다.

베란다에서 아파트 바깥을 둘러보던 한수는 혹시 하는 생각에 준성에게 전화를 걸었다.

얼마 지나지 않아 준성이 전화를 받았다.

－어, 무슨 일이냐? 네가 전화를 다 하고.

녀석의 목소리는 무척 지쳐 있었다.

"무슨 일 있냐? 왜 그렇게 기운이 없냐?"

－아, 말도 마. 오늘 모의고사 봤어.

"학원에서 본 거야? 뭐 봤는데?"

－몰라. 이상한 연구소에서 출제한 모의고사였는데 완전 죽음이었어. 우리 반에 항상 만점 받는 녀석이 있는데 그 녀석도 일곱 개 틀려서 완전 울상이었어.

"이상한 연구소?"

한수는 아까 전 자신이 본 모의고사를 출제했던 곳을 상기시켰다. 그러고 보니 그 모의고사도 웬 듣도 보도 못한 연구소에서 출제했던 것이었다.

"설마 그 연구소 이름이 '정운 학력평가 연구소' 아니야?"

－어, 네가 그걸 어떻게 아냐?

"아, 나도 조금 전에 모의고사 쳤는데 그 연구소에서 출제

한 거로 봤거든. 같은 건진 모르겠는데 좀 신기하긴 하네."

—그러게. 선생님 말로는 여기 문제가 원래 좀 어려운 편이라고 하더라고. 뭐, 매번 만점 받던 애가 일곱 개 틀린 거 보면 그럴 만도 하지만. 너는 잘 봤냐?

"그럭저럭. 너는?"

—짜식, 우리 사이에 숨길 게 뭐 있다고. 나는 우리 반에서 중상위권은 되는 거 같아. 여하튼 어쩐 일이냐?

"아, 잘 지내고 있나 해서 전화했지. 겸사겸사 너네 학원은 어떤 식으로 공부하는지 궁금하기도 하고. 여하튼 수능 끝나고 한번 보자. 술 한잔해야지."

—그래, 끝까지 달리는 거 잊지 마라. 그럼 열심히 해라.

한수는 전화를 끊은 뒤 입가에 미소를 지었다.

준성이가 본 모의고사하고 같은 건지는 알 수 없지만, 이거 하나는 분명했다.

지금 자신의 성적으로 준성이 반에 가면 그 반에서 무조건 1등은 가능하다는 것.

한수는 이번 모의고사에서 여섯 개만 틀렸기 때문이다.

수능이 코앞으로 다가왔을 때 한수는 생각보다 느리게 올라가는 경험치 때문에 속으로 답답해해야 했다.

처음에만 해도 2%에서 4% 사이로 올라가던 경험치는 50%

를 넘긴 뒤로는 1%씩 올라가고 있었다. 그래도 수학능력시험을 보름 정도 앞뒀을 때 한수는 두 과목 모두 경험치를 100%까지 쌓을 수 있었다.

처음 100%를 달성한 건 수학 과목이었다.

처음 본 수학능력시험에서 한수의 발목을 가장 붙잡았던 과목.

괜히 한수가 고등학교 때 담임 선생님이 수학 담당이었는데도 불구하고 수포자(수학 포기자)라고 불린 게 아니었다.

한수는 강의가 끝나고 눈을 감았다.

이제 그 성과를 느껴볼 차례였다.

[수학 관련 강의를 100% 모두 충족하였습니다. 이제부터 전반적인 수학에 대한 이해도가 크게 증가합니다. 향후 수학과 연관된 모든 분야에서 경험치 보정을 받게 됩니다.]

한수는 그것을 보며 눈을 빛냈다.

고등학교 졸업 이후 대부분의 사람은 수학을 쓸모없다고 생각한다. 한수 본인도 그렇게 생각했다.

그러나 막상 깊게 파고들면 수학은 모든 학문에 넓게 퍼져 있다.

가까이로는 통계, 주식부터 멀게는 다양한 영역까지.

그 모든 분야에서 경험치 보정을 받을 수 있다는 건 대단한 혜택이었다.

이를테면 한수가 아무것도 모르는 주식 공부를 하게 되더라도 다른 사람보다 훨씬 더 손쉽게 이해할 수 있다는 의미였다.

한수는 상기된 마음을 애써 억누른 채 영어 강의도 마저 수강했다.

두 번째 100%를 달성한 순간 한수는 재차 눈을 감았다.

[영어 관련 강의를 100% 모두 충족하였습니다. 이제부터 전반적인 영어에 대한 이해도가 크게 증가합니다. 영어를 원어민처럼 발음할 수 있게 되며 다른 외국어를 익힐 때도 추가적인 경험치를 얻을 수 있습니다.]

아까 전 수학도 좋았지만, 이번 영어 덕분에 받은 보상도 훌륭했다.

무엇보다 한수가 마음에 들어 한 건 발음을 현지인처럼 할 수 있다는 것이었다.

영어를 잘하는 사람은 많지만, 원어민처럼 발음하는 사람은 많지 않다. 그런 점에서 한수가 이번에 얻은 보상은 단순히 노력만으로 가능한 게 아니기에 더욱 값진 것이었다.

그랬기에 한수는 더욱더 만족스러울 수밖에 없었다.

한수가 내심 뿌듯한 미소를 지어 보일 때 마지막 알림창이 떠올랐다.

[두 과목을 100% 달성하면서 등급 심사에 통과하였습니다. 채널 한 개를 추가로 획득합니다. 78번 혹은 119번, 둘 중 한 채널을 선택하시면 됩니다.]

한수는 침을 꿀꺽 삼켰다.

하나는 퀴진 TV, 요리 채널이다. 다른 하나는 낚시 TV다.

한수로서는 둘 중 어떤 채널을 선택할지 내심 고민될 수밖에 없었다.

그러나 이미 마음속으로 생각해 둔 채널은 있었다.

한수가 입을 열었다.

"78번이었지? 퀴진 TV를 선택하겠어."

한수는 주저 없이 요리 채널을 선택했다.

낚시 채널도 나쁜 건 아니었다. 그러나 범용적인 부분에서 퀴진 TV에 많이 부족했다.

[78번 채널을 선택하셨습니다. 78번 채널은 퀴진 TV이며 요리와 관련된 채널입니다. 이제부터 요리에 대한 경험치를 얻을 수 있게

됩니다.]

한수는 눈을 떴다. 그리고 리모컨을 잡아 들었다.

그전에는 아무리 리모컨 채널 변경 버튼을 눌러도 요지부동이었다. EBS PLUS 1 채널만 나올 뿐 다른 채널은 죄다 지지직거리면서 노이즈만 잔뜩 끼어 있었다.

한수는 두근거리는 마음을 감춘 채 채널 변경 버튼을 눌렀다.

버튼을 누르자 그전에는 지지직거렸던 화면이 바뀌었다. 동시에 157번 채널도 78번 퀴진 TV 채널로 바뀌었다. 화면 안에서는 새하얀 옷을 입은 쉐프가 주방에서 한창 요리를 하고 있었다.

한수는 자신도 모르게 눈을 빛냈다.

드디어 또 하나의 채널을 확보하는 데 성공했다.

그러나 한수는 퀴진 TV를 보지 않고 곧장 채널을 변경했다. 지금 당장 요리 프로그램을 보면서 피로도를 소모할 생각은 없었다.

아직 수능까지는 열흘이 남아 있었고 그동안 한수는 부족한 경험치를 계속 메울 생각이었다.

수리 영역과 외국어 영역은 끝냈으니 이제 목표로 해야 하는 건 언어 영역과 사탐 영역이었다.

한수는 다시 EBS PLUS 1 채널에 집중하기 시작했다.

수학능력시험이 끝나면 그때부터 본격적으로 요리를 배워 볼 생각이었다.

수학능력시험이 어느새 코앞으로 다가왔다.

수능 이틀 전날 한수는 학교에 다시 찾았다. 그리고 그는 수험표를 선생님께 건네받았다.

선생님은 한수한테 아무 말도 하지 않았다. 묵묵히 수험표를 건넬 뿐이었다.

한수는 그런 선생님을 향해 웃어 보인 뒤 학교를 빠져나왔다.

수학능력시험이 코앞으로 다가오자 한수보다 긴장하는 사람이 있었다.

어머니였다.

엄마는 한수한테 방해가 될까 봐 설거지조차 쉽게 하지 못하고 있었다.

항상 시끌벅적하던 집은 쥐죽은 듯 조용하기만 했다.

한수는 그런 분위기가 싫었지만, 어머니의 강권에 어찌할 방법이 없었다.

그래도 가끔 밤에 나가서 편의점 바깥 테라스에서 아버지와 소주 한잔을 기울였는데 그때마다 아버지는 한수에게 힘이 되어주곤 했다.

수학능력시험 당일.

한수는 심기일전한 채 학교로 향했다.

수학과 영어는 완벽하게 끝낸 상태였고 언어 영역도 경험치를 80% 넘게 쌓았다. 사회탐구 영역도 마찬가지였다.

그런 만큼 한수는 자신감에 가득 차 있었다.

고등학교에 도착하고 자리에 앉자 학생들이 하나둘 들어오기 시작했다.

한수는 그들을 전혀 신경 쓰지 않은 채 책상에 앉아 집중의 끈을 바짝 조였다.

그리고 모든 학생이 도착하고 8시 40분이 되었을 때 수학능력시험이 시작됐다.

1교시인 언어 영역이 끝났을 때 교실에는 빈자리가 듬성듬성 보였다. 유독 쉬웠던 작년 수학능력시험 때문인지 올해 수학능력시험은 엄청나게 어려웠다.

지난번 한수가 봤던 정운 학력평가 연구소에서 낸 모의고사보다 수준이 높았다.

그런 만큼 언어 영역이 끝난 뒤 학생들의 표정은 전반적으로 매우 어두웠다.

실제로 인터넷에서도 1교시 언어 영역 난이도가 역대 최고라는 평가가 심심찮게 보였다.

한수도 긴가민가했던 문제가 한 문제 있었다. 문제를 풀고 해답을 써넣긴 했지만, 여전히 그 문제가 마음속에서 걸리고 있었다.

반면에 수학 영역은 한수에게는 비교적 쉬웠다. 수학 영역을 100% 완성한 덕분일지도 몰랐다.

그렇게 한수는 손쉽게 수학 영역을 풀었지만 다른 학생들의 표정은 이번에도 탐탁지 않았다.

불수능을 만들기로 작정한 듯 전반적인 난이도가 매우 상승해 있었다.

점심시간이 되었다.

한수는 도시락을 꺼내 들었다. 오늘 새벽부터 엄마가 부지런히 준비한 것으로, 먹기 편하게 유부초밥이 담겨 있었다.

한수는 유부초밥을 입에 넣고 오물거리며 다른 학생들이 나누는 대화를 엿들었다.

"이번 수능 미친 거 아냐? 완전 토 나오더라."

"그러게. 와, 어떻게 하지? 나만 못 본 거 아니겠지?"

"그럴 리가. 정말 어려웠잖아. '만점자 한 명도 없다'에 한 표."

"나도."

다들 이번 수학능력시험이 무척 어려웠던 모양이었다. 표정에 여유가 없었다.

그렇게 짧은 점심시간이 끝난 뒤 곧장 영어 영역이 시작됐다.

이번에도 한수는 무리 없이 영어 시험을 끝마칠 수 있었다. 남들보다 10분 일찍 시험을 끝낸 뒤 한수는 수학능력시험 이후의 일을 고민했다.

수학능력시험이 끝나면 EBS PLUS 1 채널에 무작정 피로도를 쓰지 않아도 된다.

이제 앞으로는 피로도 8을 어떤 채널에 투자할지 고민 중이었다.

첫 번째는 EBS PLUS 1의 제2외국어가 있었다.

중국어 말고 다른 외국어도 더 많이 공부하고 싶었다. 프랑스어나 독일어, 스페인어 등 유럽 쪽 언어도 있고 아랍어도 존재했다.

분명히 그건 한수에게 큰 자산이 될 터였다.

두 번째는 퀴진 TV를 보면서 요리를 배우는 것이었다.

이것도 군침이 도는 일이었다.

일단 새로운 걸 배운다는 게 컸다.

현재 한수가 할 줄 아는 요리는 정말 기본적인 것이었다. 그런 상황에서 다양한 요리를 배우고 또 그 요리를 실제로 할 수 있게 된다면 어디서든 다양하게 써먹을 수 있게 될 터였다.

그렇지만 엄마가 주방 쓰는 걸 순순히 허락해 줄지 그 점이 조금 걱정스럽긴 했다.

'아니면 대학교 가기 전에 아르바이트로 주방에서 일하면서 돈 벌고 요리 연습해도 되긴 할 거 같은데……'

그러나 한수가 알기로 주방 신입은 요리보다는 잡일을 하는 경우가 대부분이었다.

적어도 몇 년 이상 일한 게 아니라면 칼을 잡는 건 불가능하다고 봐야 했다.

그러는 사이, 영어 영역 시험도 끝이 났다.

사탐 영역 시험이 시작되기 전 교실에 남아 있는 학생 수는 2/3 남짓이었다. 나머지 학생들은 가방을 챙긴 채 교실을 빠져나가고 있었다.

한수는 끝까지 시험을 치렀다. 사탐 영역 이후 제2외국어까지 끝낸 뒤에야 그는 수학능력시험을 마무리 지을 수 있었다.

수학능력시험이 끝난 뒤 한수는 선생님께 휴대폰을 돌려받았다. 전원을 켤까 하던 한수는 일단 놔둔 채 교실 밖으로 나왔다.

어느덧 바깥에는 새하얀 눈이 내리고 있었다.

한수는 휘날리는 눈송이를 보며 교문 쪽으로 발걸음을 옮겼다.

올해 수학능력시험의 전체적인 난이도는 꽤 어려웠다. 불수능이라고 해도 과언이 아닐 만큼 변별력 높은 문제들이 제법 많이 출시됐다.

실제로 중간에 수학능력시험을 포기한 학생도 제법 많았다.

한수는 머릿속으로 가채점을 해봤다.

언어 영역에서 1문제, 사탐 영역에서 1문제 정도 살짝 헷갈렸던 걸 제외하면 전체적으로는 어림잡아 다 맞힌 것 같았다.

물론 확실한 건 집에 가서 직접 맞춰봐야 알 수 있을 듯했다.

한수는 휴대폰을 켰다. 키자마자 휴대폰이 울리기 시작했다. 발신자를 확인해 보니 준성이었다.

"어, 나야."

-시험 잘 봤냐?

다짜고짜 수능 이야기라니.

한수가 대답했다.

"그럭저럭. 너는 어땠어?"

-와, 말도 마라. 장난 아니다. 뭐 이렇게 어렵냐? 진짜 죽는 줄 알았다.

"그래? 하긴 조금 어렵긴 하더라."

한수가 어색하게 웃으며 대답했다.

-야, 너 어디냐?

"나? 여기 청명고인데? 너는?"

–어? 그래? 나 거기 맞은편인데. 얼굴이나 보자. 내가 거기로 갈게. 나 지금 횡단보도 앞이야.

"알았어."

교문으로 나갈까 하던 한수는 운동장을 서성이며 준성이가 오길 기다렸다.

얼마 지나지 않아 준성이가 교문에서 학교 쪽으로 뛰어들어왔다.

"강한수! 인마, 수능 끝난 거 축하한다!"

달려오자마자 축하 인사부터 건네는 준성을 보며 한수도 화답했다.

"너도 축하한다. 이제 여친하고 같은 대학교 다니는 거냐?"

"어…… 잘 모르겠다. 올해 수능이 너무 어려워서 내가 원하는 점수가 나올지 걱정이다."

"너만 잘 못 봤겠냐? 다른 사람들도 다 못 봤을 거야. 걱정하지 마."

"하, 진짜 어떻게 된 게 매년 이렇게 수능 난이도를 개판으로 내냐. 작년에는 완전 물수능이었는데 올해는 완전 불수능이고."

"그게 다 교육부에 머리 빈 사람 천지라 그래. 걸핏하면 교육정책이 바뀌고 그러면서 산으로 가니까 이 난리지."

"진짜 나중에 내가 교육부 장관 되면 다 갈아엎고 만다."

"그럼 행정고시 합격해야 할 텐데? 가능하겠어?"

준성이 눈살을 찌푸렸다.

"……일단 가채점부터 하자. 너도 수험표에 정답 적어왔지?"

"어디 가서 맞춰보게?"

"어디긴. PC방 가자."

고민하던 한수가 고개를 끄덕였다. 그리고 휴대폰을 가리키며 말했다.

"일단 집에 늦는다고 연락 좀 하고 가자. 어머니가 기다리고 있을 게 분명하거든."

"알았어."

한수는 어머니한테 전화를 걸었다. 누구보다 어머니가 애타게 소식을 기다리고 있을 게 분명했다. 얼마 지나지 않아 전화가 걸렸는데 시끄러운 게 바깥인 듯했다.

-어, 한수야. 시험은? 다 끝났어?

"예, 그런데 어디세요?"

-어디긴. 네 학교 앞이야.

"예? 학교요?"

-어, 너 시험 본 학교. 청명고 맞지? 거기 교문 앞에 있어.

한수 얼굴이 새파래졌다.

"언제부터 기다리신 거예요?"

-조금 전에 왔어. 우리 아들 시험 잘 칠 수 있게 기도하고

있었지.

"아, 알았어요. 지금 갈게요."

한수는 당황한 얼굴로 전화를 끊은 뒤 준성을 보며 말했다.

"미안한데 나 먼저 가 봐야겠다."

"어? 왜?"

"어머니가 교문 앞에서 기다리고 있으시대. 나중에 얼굴 보자. 그때 내가 술 살게."

"그래. 어머니가 교문 앞에서 기다리고 있다는데 PC방 가자 할 정도로 눈치 없는 건 아니다. 나중에 보자."

"미안하다."

한수는 준성과 헤어진 뒤 교문을 향해 뛰었다. 그리고 교문 앞에서 추위에 떨고 있는 어머니를 마주할 수 있었다.

조금 전에 왔다고 했지만, 겉으로 보기엔 전혀 아니었다. 온몸이 꽁꽁 얼어붙었고 손도 새파랬다.

점심 식사 이후, 아니, 어쩌면 아침부터 줄곧 여기 교문 앞에 서서 기도를 하고 있던 것일지도 몰랐다.

한수는 그런 어머니에게 다가가 강하게 끌어안았다.

"왜 여기서 기다리셨어요? 집에서 기다리고 계셔도 되는데……."

"우리 아들이 시험 잘 볼 수 있다면 이런 건 아무것도 아니야."

어머니가 미소를 지어 보였다.

한수는 그런 어머니를 보며 눈시울을 붉혔지만 일단 안심시키는 게 우선이었다.

"잘 봤으니까 걱정 마요. 빨리 집에 가요. 이러다가 감기 걸리겠어요."

"고생했다, 우리 아들."

한수가 어머니를 끌어안으며 대답했다.

"사랑해요, 엄마."

그때 하고 싶었지만 차마 하지 못했던 말.

지금은 할 수 있었다.

집으로 돌아오는 길에 어머니가 한수를 보며 물었다.

"올해 수능 많이 어려웠다던데, 어땠든?"

"글쎄요. 확실히 어려워진 것 같았어요. 다들 표정이 울상이더라고요."

"그러게. 옆에서 하는 이야기 들어보니까 불수능이라면서 걱정이 많더라."

"괜찮아요. 가채점이긴 해도 성적 잘 나왔을 거예요."

"그래, 그래야지."

그러나 어머니 표정은 여전히 어두웠다. 불수능이다 보니 성적이 만족스러울 만큼 나오지 않았을까 걱정스러웠던 모양이다.

"나는 네가 성적 잘 안 나와도 상관없다. 대학교 어디 가도 괜찮으니까 만족만 했으면 좋겠구나."

"하하, 걱정하지 않으셔도 돼요. 잘 나왔을 거예요."

두 사람은 그렇게 서로를 토닥이며 아파트 단지 안으로 들어왔다.

집 안은 조용했다.

"아버지는요?"

"아직 회사에 계실 거야."

"요새 회사 상황이 안 좋으신가 봐요."

"글쎄다. 회사 일은 웬만해서는 말 안 하시니까. 이제 채점할 거니?"

"네, 바로 가채점해 보려고요. 그렇게 궁금하세요?"

"나도 옆에서 같이 보자꾸나."

한수가 고개를 끄덕였다. 잘 봤다는 건 알고 있지만, 성적은 까봐야 아는 것이었다.

한수는 컴퓨터를 켠 뒤 답안지를 확인하며 점수를 매기기 시작했다.

한수는 수험표 뒤에 적어온 번호에 하나둘 동그라미를 쳤다. 아직 수험표 뒷부분에서 소나기는 내리지 않고 있었다.

두근두근—

한수보다 긴장한 건 한수 엄마였다.

불과 백 일을 앞두고 시험을 본다기에 걱정했지만, 결과가 좋은 듯 보여서 다행이었다.

그러는 사이 채점이 모두 끝났다.

한수 엄마는 두 눈을 끔뻑이며 수험표를 훑었다. 모든 답안에 동그라미가 있었다.

"한수야, 너 혹시 채점 잘못한 거 있니?"

"예? 아뇨, 전부 다 맞게 채점했는데요."

"……그, 그럼."

약간 불안하긴 했지만, 만점을 받았다. 사실 어느 정도 예상했던 일이었다.

한수가 대수롭지 않은 얼굴로 대답했다.

"만점이네요. 하하."

"인석아! 만점이 보통 일이야? 만점이?"

"그러게요. 보통 일이 아니긴 한데…… 정말 열심히 했거든요."

브라운관 TV의 도움을 받긴 했지만, 한수 본인도 피로도에 다 쓴 다음에는 최선을 다했다.

그랬기에 이렇게 좋은 성적을 받을 수 있었다.

전 과목 만점.

불수능이라고 평가받던 이번 수능에서 모든 과목을 오답 하나 없이 전부 다 맞혀버린 것이었다.

"흑흑."

어머니가 금세 울음을 터뜨렸다. 머뭇거리던 한수는 조심스럽게 어머니를 끌어안았다.

품 안에 안겨 오열하는 어머니를 보며 한수는 한숨을 살짝 내쉬었다.

이렇게 좋아하실 걸 알면 진즉에 더 열심히 할걸.

그러나 앞으로는 더 달라질 자신의 모습을 보여드릴 생각이었다.

이제 남은 건 진짜 결과가 나올 때까지 기다리는 것뿐이었다.

수학능력시험도 끝났고 성적표 발부까지는 아직 한 달 가까이 시간이 남아 있었다.

남들은 논술 준비하랴 면접 준비하랴 바쁘겠지만 한수는 그럴 필요도 없었다.

한국대학교는 논술이나 면접 없이 수학능력시험 성적으로만 합격자를 뽑기 때문이다.

그동안 치열하게 달려왔으니 잠시 쉬어도 되는 상황이었다.

그동안 한수는 퀴진 TV를 보며 요리를 공부할 생각을 하고 있었다. 점점 더 쉐프들이 텔레비전에 많이 출연 중이었고 남자도 요리를 할 줄 알아야만 했다.

볶음밥 정도는 할 수 있다지만 매일 똑같은 메뉴만 반복해서 먹는 건 지겨운 일이었다.

무엇보다 퀴진 TV 채널을 EBS PLUS 1 채널처럼 경험치를 15% 쌓는다면 추가로 등급 심사 조건을 알 수 있을 테고, 새로운 채널이 또 열릴 터였다.

그뿐만 아니라 추가적인 조건에 따라 피로도를 얻을 수도 있게 될 테니 지금으로서는 이 일에 매달리는 게 최우선이었다.

한수는 텔레비전을 켰다. 그리고 리모컨을 눌러 채널을 변경했다.

처음 이 브라운관 TV를 얻은 뒤 백 일 가까이 EBS PLUS 1 채널만 볼 수 있었다.

지난번 시험 삼아 한 번 보긴 했지만, 드디어 정식으로 오늘 새로운 채널을 구독하게 되었다.

채널을 바꾸자 퀴진 TV 로고가 왼쪽 상단에 뜬 채 새로운 화면이 나오기 시작했다.

제법 연세가 있어 보이는 쉐프가 TV 앞에 서서 시청자들을 향해 자신이 만든 코스 요리를 설명하고 있었다.

한수는 미리 확인해 뒀던 편성표를 머릿속에 떠올렸다.

지금 방송하고 있을 프로그램은 '세계의 요리 : 유럽편.' 개중에서도 프랑스 궁중 요리와 관련 있는 것이었다.

방송 제목은 「세계의 요리 : 유럽편/프랑스 – 프랑스 궁중 요리의 진수 오트 퀴진(Haute Cuisine)」이었다.

그와 함께 한수는 자신도 모르게 방송에 푹 빠져들었다. 동시에 퀴진 TV와의 싱크로가 시작되었다.

퀴진 TV에 출연한 쉐프의 이름은 김경준이었다.

MC 이야기를 들어보니 그는 프랑스의 유명 요리학교인 르꼬르동 블루(Le Cordon Bleu)를 수석 졸업한 프렌치 1세대 요리사였다.

그는 서래마을에 자신의 레스토랑을 가지고 있었는데 화려하고 트렌디한 누벨 퀴진(Nouvelle Cuisine)보다는 전통적인 방식의 오트 퀴진을 더욱더 선호하는 요리사였다.

그런 그가 이번에 선보인 것은 프랑스 궁중 요리의 진수라고 할 수 있는 오트 퀴진으로 그 메뉴만 해도 무려 아홉 가지에 이르렀다.

김경준 쉐프는 MC와 함께 말을 맞추며 차근차근 테이블 위에 세팅된 요리를 설명하기 시작했다.

제일 먼저 김경준 쉐프가 가리킨 건 식전주, 프랑스어로는 아페리티프(Aperitif)라고 하는 것이었다.

식욕 촉진을 위한 음료로. 도수가 낮은 포트 와인을 쓰고 있었다. 그 옆에는 술안주용 전채요리라 할 수 있는 아뮤즈 부쉬가 놓여 있었는데 보석처럼 세공된 것이 차마 입에 털어 넣기엔 너무나도 아름다웠다.

카메라가 돌아갔다. 큼지막한 새우구이가 잡혔다.

전채요리(앙트레/Entrée)였다. 식전주와 함께 내어놓는 것으로 신맛이나 짭짤한 요리가 제공되는 경우가 일반적인데 테이블 위에 깔린 앙트레는 왕새우구이와 파프리카 소스로 맛을 낸 과일 샐러드였다.

그 옆에는 콩소메 수프와 프랑스를 대표하는 바게트가, 다음에는 메인 요리 중 생선 요리를 지칭하는 푸아송(Poisson, 프랑스어로 '물고기'를 뜻한다.)이 준비되어 있었다.

바삭하게 익힌 농어구이로 브라운관을 통해 보는 것임에도 불구하고 벌써 군침이 돌게 하고 있었다.

한수는 자신도 모르게 그것을 보며 침을 꿀꺽 삼켰다.

한눈에 봐도 고급스러워 보이는 게 김경준 쉐프가 심혈을 기울여 만들었음을 알 수 있었다. 새로운 음식이 등장할 때마다 한수의 머릿속에는 프랑스 궁중 요리에 대한 경험치가 차곡차곡 쌓이고 있었다.

그다음 오트 퀴진의 절정에 이른 건 양갈비구이를 카메라가 비췄을 때였다.

최고급 프렌치 랙으로 만든 것이었는데 이 중 프렌치 랙이란 양고기 중 5~12번 허릿살을 가리키는 용어로 양갈비 중에서도 최고급 부위로 마블링이 적당할 뿐만 아니라 담백한 맛과 부드러운 식감이 일품으로 평가받고 있었다.

결국, 참지 못한 MC가 가로로 썰려 있는 양갈비를 집어 들었다. 그런 다음 MC가 옆에 놓여 있던 안데스 암염을 살짝 찍은 다음 그대로 입에 가져갔다.

잠시 뒤, 양갈비를 먹은 MC는 행복이 가득한 얼굴로 감탄을 토해내며 소리쳤다.

"와, 진짜 예술입니다. 시청자 여러분, 제가 이 맛을 직접 전달해 드리지 못해서 아쉬울 정돕니다. 이걸 어떻게 말로 표현해야 하나 고민인데요. 양고기의 이 야생적인 풍미가 짠맛과 단맛이 적절히 조화된 암염과 함께 어울리니까 마치 그 음식이 제 입속에서 펑펑 터지는 것 같습니다. 진짜 이건 먹어 봐야 알 수 있습니다. 아, 쉐프님! 어떻게 이런 요리를 만들어 내시는 겁니까?"

그 말에 김경준 쉐프는 쑥스러운 듯 얼굴을 붉혔다.

하지만 한수는 그 장면 하나하나 빼놓지 않고 머릿속에 담았다. 요리를 담아낸 플레이팅부터 해서 전부 다 또렷하게 기억에 쌓이는 중이었다.

그렇게 디저트까지 모든 메뉴를 한 번씩 둘러본 뒤 본격적으로 김경준 쉐프가 칼을 잡고 주방에서 직접 요리를 해 보이기 시작했다.

한수는 그것을 보며 자신도 모르게 실룩거리는 입가를 억지로 진정시켰다.

이것이야말로 한수가 가장 바랐던 것이다.

김경준 쉐프가 하는 칼질, 손놀림, 손질 등 그 모든 게 전부다 기억에 남게 될 테니까.

오십 분 정도 1부 방송이 진행된 뒤 쉬는 시간이 됐다.

그러면서 한수의 싱크로도 끊겼다.

꿈속에서 막 깬 사람처럼 자리에서 일어난 한수는 자신도 모르게 눈살을 찌푸렸다.

티셔츠 앞섶이 축축했다. 전부 다 침이었다. TV를 보면서 흘린 침이 그대로 티셔츠를 적신 것이다.

한수는 티셔츠를 갈아입은 뒤 눈을 감았다.

[78번 퀴진 TV를 구독하셨습니다. 세계의 요리 : 유럽편/프랑스 – 프랑스 궁중 요리의 진수 오트 퀴진에 대한 경험치가 4% 쌓였습니다.]

경험치가 소폭 쌓였다. 보통 1% 내지는 2%가 쌓이는데 워낙 몰입해서 본 덕분에 경험치가 추가로 적립된 듯했다.

그와 함께 머릿속에는 김경준 쉐프의 요리 방법이 차곡차곡 쌓이고 있었다.

2부에서는 본격적으로 김경준 쉐프가 요리를 한 뒤 초빙한 연예인들한테 대접하는 것으로 구성되어 있었다.

또, 개중에는 괜찮은 재료를 구하는 팁도 곁들여질 예정이었다.

한수는 한시라도 빨리 광고가 끝나길 기다리며 브라운관 TV를 뚫어지게 바라봤다.

오늘 하루는 퀴진 TV를 보며 프랑스 요리를 확실히 알아나갈 생각이었다.

한수는 주방으로 나와 냉장고를 둘러봤다.

냉장고 안에는 신선한 재료가 한가득 쌓여 있었다.

평소 한수가 즐겨 먹는 건 계란, 햄 통조림, 참치 정도가 전부였다. 그것도 아니면 인스턴트 음식으로 때우곤 했다.

그러나 오늘 한수는 색다른 메뉴를 한번 시도해 볼 생각이었다.

아까 전 퀴진 TV를 보면서 해 먹어보고 싶은 메뉴가 있었다.

브레제(Braiser)라는 프랑스식 조리법의 하나였는데 냄비에 육류, 생선, 채소 등의 재료와 소량의 국물을 넣어 조려내는 방식이었다.

한수가 선택한 건 치킨 와인 브레제로 닭고기를 와인 국물로 조려내는 요리였다.

그는 김경준 쉐프가 했던 대로 냉장고에서 필요로 하는 재료를 꺼내 차근차근 조리를 시작했다.

먹기 좋은 크기로 닭 다리 살을 잘라준 다음 피망, 파프리카, 양파 등 다양한 채소를 적당한 크기로 자르기 시작했다.

그런 다음 채소를 우선 센 불에서 볶아 그릇에 덜어둔 뒤 이번에는 닭 다리 살을 겉면만 익히기 시작했다.

처음 하는 요리다 보니 서투를 수밖에 없었다. 칼질을 해도 어색했고 조리 시간은 생각보다 꽤 길어지고 있었다.

부모님이 돌아올 때까지 완성할 수 있을지조차 걱정스러웠다.

머릿속에 지식은 가득 쌓여 있어도 막상 그것을 직접 구현해 내는 건 별개의 문제였다.

그래도 여기서 멈출 수는 없었다.

꽤 오랜 시간 공들인 끝에 어느 정도 준비를 끝낸 뒤에야 한수는 아버지가 반쯤 먹다 남긴 와인을 찾아냈다.

여러 가지 재료와 함께 섞어 만든 소스를 팬에 넣고 닭고기와 와인을 함께 조리기 시작했다.

벌써 입에 군침이 돌게 하는 향기가 풍겼다.

하루 피로도를 소모하느라 시간이 훌쩍 지났고 어느새 저녁 무렵이 되었다.

한수로서도 한창 배고플 수밖에 없는 시간이었다.

그렇게 닭 다리 살을 거의 다 조렸을 무렵, 한수는 예쁘장한 접시를 꺼냈다. 그 후 잘 조려진 닭 다리 살을 옮겨 담은 뒤 그 위에 볶은 채소를 꼼꼼하게 플레이팅하기 시작했다.

그러자 프렌치 레스토랑에서 내놓을법한 요리가 하나 완성되었다.

그것은 김경준 쉐프가 방송에서 선보인 요리와 똑같이 닮아 있었다.

그리고 얼마 지나지 않아 현관문이 열리고 한수 부모님이 집 안으로 들어왔다.

그리고 두 분 모두 귀신에 홀린 것처럼 그대로 주방에 들어오곤 한수를 보며 눈을 휘둥그레 떴다.

"한수야, 그 요리는…… 뭐니?"

"설마…… 네가 만든 거냐?"

완전 초토화된 주방을 둘러보던 한수가 멋쩍게 말했다.

서투르긴 하지만 그래도 자신이 처음으로 만든 진짜 요리다. 제일 먼저 두 분에게 대접하고 싶었다.

"한번, 드셔보실래요?"

CHAPTER
3

한수 부모님은 떨떠름한 얼굴로 한수가 내민 요리를 받아들었다.

그들은 한수가 요리를 못한다는 걸 알고 있었다. 그런 탓에 지금 내놓은 요리가 썩 믿음이 가지 않았다.

하지만 그렇다고 하기에 겉으로 보이는 모습 자체는 일단 합격이었다. 오히려 먹기 아깝다는 생각이 들 만큼 접시에 예쁘장한 자태로 담겨 있었다.

가만히 요리를 보던 어머니가 물었다.

"이 요리 이름이 뭐니?"

"치킨 와인 브레제라고 프랑스 요리예요. 닭 다리 살을 와인에 재워서 조린 건데 맛있을 거예요."

"브, 브레제? 너 프랑스 요리도 할 줄 알았어?"

아버지가 떨떠름한 목소리로 물었다. 어머니는 여전히 불신에 가까운 눈빛으로 아들을 바라보고 있었다.

한수가 머리를 긁적였다.

불과 하루 전만 해도 간장계란밥이나 볶음밥 정도만 해서 챙겨 먹곤 했다.

그런데 단 하루 만에 프랑스 요리를 배워서 만들었다고 하면 믿을 사람이 있을까?

그러나 한수에겐 가능한 일이었다. 그에겐 그렇게 해줄 수 있는 능력이 충분히 있었으니까.

지금도 머릿속에는 아까 전 2시간 동안 퀴진 TV에서 했던 프랑스 오트 퀴진에 대한 전반적인 지식과 김경준 쉐프의 요리 방법이 고스란히 쌓여 있었다.

그의 칼질, 재료 손질법, 팬을 쓰는 방법, 감각 등 그 모든 것들이 한수에게도 경험치가 되어 공유됐기 때문이다.

물론 그것을 실제로 쓰는 것에 있어서 한수가 미숙했던 건 다소 있었다.

이를테면 칼질.

머릿속에는 김경준 쉐프가 했던 칼질이 그대로 저장되어 있었지만, 막상 실전에서 그것을 하는 건 전혀 다른 이야기였다.

한수는 전혀 숙달되어 있지 않은 요리 초보였고 그렇다 보니 머리로는 알아도 몸이 그것을 쫓아가지 못한 것이다.

그래서인지 한수의 손가락 군데군데에는 자그마한 상처가 나 있었다. 대부분 칼을 쓰다가 조악한 손놀림에 벤 자국이었다.

가만히 한수를 보던 어머니가 먼저 젓가락을 가져갔다. 아들의 양 손가락 곳곳에 난 생채기를 보아하니 이 요리를 만들려고 얼마나 고생했는지 벌써 그림이 그려졌다.

정성이 가득 들어간 음식인데 먹지 않을 수는 없었다. 그녀는 조심스럽게 한수가 만든 치킨 와인 브레제를 한입에 넣었다. 천천히 맛을 음미하던 어머니는 눈에 이채를 띄었다. 믿을 수 없을 만큼 맛있었다.

"이거 정말 네가 한 거 맞아?"

"네, 아까 요리 방송 보면서 따라 해봤어요."

"그, 그래도."

한수 엄마 눈에 불신이 담겼다.

요리라는 건 그렇게 쉬운 게 아니다. 요리 방송이나 요리책을 보고 맛을 낼 수 있다면 왜 쉐프가 존재하겠는가.

특히 요리라는 건 미세한 차이 때문에 맛이 달라질 수도 있는데 그런 점에서 한수가 만든 요리는 간이 완벽했다. 한수 엄마가 불신할 수밖에 없던 것도 이 점 때문이었다.

요리 초보들이 가장 실수하는 게 바로 간 맞추기다. 입맛에 맞는 간을 찾으려다가 소금을 많이 넣는다거나 설탕을 많이 넣어서 짠맛 단맛을 나게 하는 경우를 심심찮게 볼 수 있다.

그러나 이건 초보가 만든 요리가 아니었다.

프랑스 요리에 해박한 요리사가 만들었다고 봐도 과언이 아니었다.

머뭇거리던 아버지도 어머니 호령에 젓가락을 가져갔다. 와인에 잘 조려진 닭 다리 살을 한 점 먹은 아버지도 호방하게 웃어 보이며 엄지손가락을 치켜들었다.

"처음 만든 요리가 이 정돈데 그냥 대학교 가지 않고 요리사의 길로 나가보는 건 어떠냐? 내가 회사에서도 몇 차례 근사한 레스토랑을 다녀오곤 했지만 이렇게 맛있는 음식은 정말 오랜만에 먹어보는구나."

그 말에 엄마 눈빛이 날카롭게 변했다.

"진짜 오랜만에 먹어보는 거예요?"

"아, 그, 그게. 음."

아버지 표정이 울상이 되었다. 여기서 자신이 한 말을 번복하지 않는다면 그건 어머니 요리가 여태껏 별로였다는 걸 스스로 인정하는 것이었다.

그때 아버지가 화제를 돌렸다.

"그보다 가채점은 해본 거냐? 성적이 어떻든?"

훤히 보이는 수작이었지만 한수 성적에 엄마 표정이 대번에 바뀌었다.

어머니를 보며 한수가 물었다.

"성적 이야기 안 하셨어요?"

"이야기하고 싶어도…… 네가 네 입으로 직접 말하는 게 나을 듯해서 꾹 참아두고 있었지."

"응? 당신은 알고 있었어? 도대체 어떻게 나왔길래 집으로 오는 내내 숨긴 거야?"

"어, 그게."

"미리 말해두지만 못 봤어도 나는 괜찮다. 네가 그동안 노력한 걸 생각하면 성적이 안 나와도 그게 무슨 대수냐. 좋은 경험 했다고 생각하고 다음번에 더 잘하면……."

한수가 아버지 말을 중간에 자르며 입을 열었다.

"만점이에요."

"되는 거…… 뭐라고? 지금 내가 잘못 들은 거냐?"

"아뇨, 전부 다 맞혔다고요. 흐흐. 가채점 결과 한 문제도 안 틀렸더라고요."

"……지금 농담하는 거 아니지? 진짜지?"

한수가 밝게 웃으며 고개를 끄덕였다.

"예."

다시 한번 확답을 받은 뒤 아버지의 표정이 붉게 상기됐다.

"장하다! 우리 아들. 한번 안아보자!"

아버지는 그대로 한수를 끌어안았다.

"우리 아들 원하는 게 뭐냐? 필요한 게 있으면 마음껏 다 사주마!"

"음, 비싼 것도 상관없어요?"

"어, 흠, 그건 내가 아니라 네 엄마하고 상의해야 할 게다."

"하하."

역시 가계를 책임지고 있는 건 어머니였다.

그래도 엄청나게 들뜬 아버지 모습에 한수가 피식 웃음을 흘렸다.

두 분 모두 이렇게 좋아하고 있었다.

"아뇨, 필요한 거 없어요. 두 분이 이렇게 좋아하시는데 그 정도면 충분해요. 그 대신 제가 이것저것 시험해 보느라 꽤 많이 만들었는데 우리 저녁 대신 이거 먹어요."

"그럴까?"

"예, 그거면 충분해요."

한수는 프라이팬에 가득 담긴 브레제를 마저 가져왔다.

세 가족은 식탁에 오붓하게 둘러앉아 이야기를 나눴다.

오늘만큼 행복한 날은 더는 없을 것 같았다.

다음 날 한수는 일어나자마자 옷을 챙겨 입기 시작했다.

오늘 한수는 할아버지 집에 혼자 갈 생각이었다. 그가 할아버지 집에 가려는 이유는 간단했다.

할아버지 집 창고에서 주워온 이 낡은 브라운관 TV. 이 낡은 브라운관 TV가 어떻게 이런 능력을 갖게 됐는지, 그리고 할아버지도 알고 있었는지 그것을 알아보기 위해서였다.

수학능력시험 이전까지는 시험공부를 하느라 바빠서 알아볼 여유가 없었다.

그러나 지금은 수능도 끝났고 유의미한 결과를 거뒀다.

퀴진 TV 덕분에 요리 실력도 일취월장하고 있다.

그래도 한 번쯤은 이 TV가 어디서 왔는지, 왜 이런 일들이 일어났는지 이 모든 상황에 대해 알아볼 필요가 있었다.

아니, 그래야만 했다.

지금까지는 이 브라운관 TV가 자신에게 이로운 능력만 주고 있지만 그게 언제 뒤바뀔지는 알 수 없는 일이었기 때문이다.

세상에 공짜는 없다.

그런 생각을 하며 한수는 아침 일찍 지하철을 타고 할아버지 집으로 향했다.

대문을 두드리자 할아버지가 한수를 마중 나왔다.

한수가 중학생일 때 할머니가 돌아가신 뒤 할아버지는 혼자 지내고 계셨다. 그렇다 보니 한수가 찾아올 때마다 할아버지는 뭐라도 하나 더 해주고 싶어 하시는 경우가 잦았다.

"아이구, 내 새끼. 어여 들어가자. 밥 안 먹었지?"

"아, 할아버지. 제가 해드릴게요."

"응? 네가 해준다고?"

한수 할아버지가 탐탁지 않은 얼굴로 한수를 바라봤다.

그러나 한수는 자신 있었다. 어제저녁 퀴진 TV에서 한식 관련 프로그램을 1회 시청하고 잤기 때문이다.

이 정도면 할아버지가 좋아하는 한식 몇 가지는 손쉽게 만들어낼 수 있을 게 분명했다.

할아버지가 불안한 얼굴로 뒷짐을 진 채 서 있는 동안 한수는 프라이팬에 기름을 두른 뒤 본격적으로 요리를 시작했다.

냉장고에 쌓여 있던 재료들이 하나둘 줄어들었고 그럴 때마다 식탁 위에는 근사한 요리가 가득 쌓였다.

단점은 시간이 너무 오래 걸린다는 것.

뒷짐 지고 서 있던 할아버지가 허리 통증을 참지 못하고 안방에 들어가 있는 사이 한수는 계속해서 요리를 했다.

그렇게 마지막으로 갈비찜까지 끝낸 뒤 식탁 한가운데 올려놓고 할아버지를 불렀다.

"할아버지, 상 다 차렸어요. 나와보세요."

허리를 두드리며 나온 할아버지는 식탁을 둘러봤다. 한눈에 봐도 정성스럽게 차린 음식들이 한가득 상 위에 차려져 있었다.

한수 할아버지는 믿을 수 없다는 얼굴로 한수를 바라봤다. 이 정도면 가히 대가의 요리 솜씨라고 불려도 부족함이 없었다.

"분명 어미는 네가 요리를 하나도 할 줄 모른다고 했었는데……."

"요 며칠 어깨너머로 배웠어요."

"흐음, 일단 먹어보자꾸나."

겉으로 보이는 모습은 훌륭했지만 맛은 별개다.

한수 할아버지는 우선 접시에 소복하게 담겨 있는 음식 하나를 집어 들었다. 마치 김밥처럼 구운 호박과 가지에 고기와 채소로 한 소가 돌돌 말려진 요리였다.

"이 요리 이름은 뭐냐?"

한입으로 먹기 쉽게 해놓은 요리를 먹기 전 할아버지가 물었다.

"월과채라고 궁중 요리 중 하나예요. 잡채하고 비슷한 건데 월과는 구하기 어려워서 애호박으로 대신했어요. 어때요? 드실 만하세요?"

꼭꼭 씹어 먹던 할아버지가 눈에 이채를 떴다.

간도 제대로 되어 있고 입맛에 쏙 맞았다.

"그럼 이건?"

"오이선이라고 이것도 궁중 요리예요."

"이것도 궁중 요리냐?"

"예, 여기 있는 음식 모두 궁중 요리예요."

한수가 뿌듯한 얼굴로 대답했다.

어젯밤 그가 퀴진 TV에서 본 건 「한식의 역사 : 궁중 요리」였다. 그런 만큼 자연스럽게 한식을 구사할 수가 있었다.

이는 할아버지 집에 가기 전 미리 편성표를 확인해 보고 가장 할아버지 입맛에 맞을 만한 요리를 배워 준비해 온 것이었다.

"우리 손자가 이렇게 요리를 잘했을 줄이야."

한수 할아버지는 믿기지 않는다는 얼굴을 한 채 허겁지겁 상을 비웠다.

그러는 사이 한수가 할아버지를 보며 말했다.

"할아버지, 창고 좀 둘러봐도 돼요?"

"그러렴. 열쇠는 창고 문 옆에 걸려 있다."

"예, 할아버지."

한수는 열심히 식사 중인 할아버지를 뒤로한 채 창고로 향했다. 창고 문 옆에 걸린 열쇠로 두꺼운 자물쇠를 연 다음 창고 안으로 들어왔다.

정리에 다 끝냈는데도 꽤 수북하게 쌓여 있던 짐들은 온데간데없이 사라지고 몇 개 남아 있지 않았다. 아마도 할아버지가 그동안 틈틈이 정리한 모양이었다.

한수는 창고를 둘러보며 그날 일을 생각했다. 브라운관 TV를 옮기기 위해 집어 들었을 때 힘이 쭉 빠지며 엉덩방아를 찍었던 일이 있었다.

여기 또 신묘한 능력을 가진 물건이 있다면 그때처럼 비슷한 현상이 일어나지 않을까?

하지만 한수의 바람과 달리 그런 일은 일어나지 않았다.

아무래도 특별한 능력을 갖춘 아티팩트는 그 낡은 브라운관 TV 하나뿐인 모양이었다.

한수는 아쉬운 마음을 뒤로한 채 창고에서 나왔다.

거실로 돌아와 보니 할아버지는 한수가 차렸던 음식들을 싹 비운 상태였다.

그때 할아버지가 한수를 가만히 보다가 조심스럽게 물었다.

"한수야."

"예?"

"너 혹시 요리사가 되고 싶은 거냐?"

"예에?"

한수가 당황한 얼굴로 할아버지를 쳐다봤다. 할아버지가 그런 한수를 보며 입을 열었다.

"만약 그럴 생각이라면 내가 아는 사람을 한 명 소개해 주마. 한식의 대가인데 네게 도움이 되어줄 게다."

한수는 그런 할아버지를 보며 멋쩍게 웃어 보이면서 대답했다.

"할아버지, 저는 요리사가 될 생각이 없어요."

"이렇게 요리를 잘하는데도? 그 녀석도 네가 만든 요리를 한입 먹어보면 당장 수제자로 삼으려들 게다."

할아버지가 말하는 그 녀석이 아마 한식의 대가인 듯했지만, 한수는 손사래를 쳤다.

요리사?

지금 사람들은 쉐프에 열광하고 그들의 요리를 먹어보고 싶어 하지만 그 직종이 얼마나 열악한지 한수는 알고 있었다.

퀴진 TV를 보면서 틈틈이 쉐프에 대해 공부했고 그곳까지 올라가는 과정이 얼마나 험난한지 알 수 있었다.

괜히 공부가 제일 쉬웠어요 하는 게 아니었다.

할아버지는 못내 아쉬운 듯 한수를 바라봤다. 손등에 생긴, 채 아물지도 않은 상처들을 보고 손자가 요리사가 되고 싶어 하는 줄 알았는데 그건 아니었던 모양이다.

"수능은 잘 본 게냐?"

"예, 잘 봤죠. 기대하셔도 좋아요. 흐흐."

"기대? 무슨 기대?"

"할아버지 손자가 신문에 대문짝만하게 실릴지도 모르거든요."

유독 어려웠던 수학능력시험이다. 이미 언론에서는 너무 지나치게 변별력을 높인 것 아니냐는 지적이 나오고 있을 정도였다.

역대 최악의 불수능.

그 불수능에서 당당히 만점을 얻어냈다.

각종 언론 매체에서 인터뷰가 쏟아질 건 자명한 사실이었다.

"그래? 기대하고 있으마. 그보다 할애비 집에는 어쩐 일로 온 거냐? 창고부터 둘러보던데 그 텔레비전에 무슨 문제라도 있는 게야?"

한수가 머리를 긁적였다.

할아버지 집에서 가져온 21인치 브라운관 TV. 거기에 얽힌 비밀은 아직 누구하고도 공유하지 않았다.

할아버지는 혹시 그 텔레비전에 숨겨진 비밀에 대해 무언가 알고 있지 않을까?

한수가 할아버지를 빤히 보며 물었다.

"혹시 그 텔레비전 말이에요. 무슨 특별한 사연 같은 게 있나요?"

"특별한 사연? 흐음, 글쎄다. 그러고 보니 네 할미가 그 텔레비전을 각별히도 아꼈지. 신줏단지 모시듯 했을 정도니까. 나야 원체 텔레비를 좋아하지 않지만 네 할미가 살아 있을 땐 온종일 텔레비전만 보고 그랬단다."

"그렇군요."

돌아가신 할머니가 애지중지 아끼던 물건.

그러나 그것 말고 특별한 단서는 더 이상 찾아낼 수 없었다.

한수는 슬슬 집으로 돌아가야겠다고 생각했다.

오늘 하루 쓰지 않은 피로도가 그대로 남아 있었다.

"그럼 이만 가 볼게요. 다음에 또 와서 궁중 요리 만들어드릴 테니까 항상 건강 챙기시고요."

"오냐, 고맙다. 혹시 한식 요리사 되고 싶으면 언제든지 말하고. 할애비가 친구 녀석을 당장 소개해 주마."

"예, 감사합니다."

한수가 고개를 꾸벅 숙인 뒤 집으로 가려 할 때였다. 갑자기 무언가 생각이 난 듯 할아버지가 한수를 붙잡았다.

"아, 그러고 보니 할매가 내게 자주 하던 말이 있단다."

한수가 눈을 반짝반짝 빛내며 물었다.

"예? 할머니가요? 그게 뭔데요?"

"나보고 저 텔레비전은 꼭 버리지 말고 갖고 있어달라고 했단다. 언젠가 제 주인이 나타날 거라면서 신줏단지 모시듯 보관해 달라고 했었어. 그런데 그게 아마 너였던 모양이구나. 허허."

"……감사합니다, 할아버지."

고개를 꾸벅이면서도 한수는 순간 온몸에서 소름이 돋는 것 같았다.

할머니는 도대체 저 텔레비전에서 무엇을 느꼈던 걸까?

왜 할아버지한테 저 텔레비전을 애지중지 보관해 달라고 했던 거고 언젠가 제 주인이 나타날 거라고 했던 것일까?

그러나 그건 한수가 밝혀낼 수 없는 일이었다. 할머니는 오래전 돌아가셨기 때문이다.

한수는 방에서 텔레비전을 가만히 쳐다봤다.

현존하는 기술력으로는 절대 만들어낼 수 없는 텔레비전이다. 겉모습은 구형 브라운관 TV지만 이 녀석은 채널에 나오는 인물의 경험, 능력, 생각 등을 싱크로되어 있는 상대에게 전송할 수 있는 능력을 지니고 있다.

어떻게 그게 가능한지 궁금했지만 그렇다고 놈을 분해해 볼 수도 없는 노릇이었다.

괜히 황금알 낳는 거위의 배를 가르는 멍청한 짓을 하고 싶진 않았다.

그래도 한 가지 아쉬운 게 있다면 녀석의 외양이었다. 이런 구식 브라운관 TV가 아니라 스마트폰이었으면 어딜 가든 피로도를 소모하며 지식을 습득하는 게 가능했을 것 같아서였다.

마치 영화 「트랜스포머」에 나온 범블비가 골동품에 가깝던 자동차에서 세련된 카마로SS로 변신했듯이 이 낡은 브라운관 TV도 최신형 스마트폰으로 변했으면 어떨까 하는 생각이 있었다.

그러나 한수는 이내 망상을 뒤로한 채 텔레비전을 켰다.

오늘부터 한수는 피로도 8을 퀴진 TV와 EBS PLUS 1에 각각 4씩 나눠서 사용할 생각을 하고 있었다.

EBS PLUS 1은 제2외국어 또는 영어회화, 퀴진 TV에서는 각국의 요리 방법에 대해 배워둘 생각이었다.

우선 제2외국어 같은 경우는 중국어뿐만 아니라 다양한 외국어를 배워둘수록 자신에게 도움이 될 수 있다는 걸 알고 있어서였다.

이를테면 프랑스어를 배워두면 나중에 퀴진 TV에서 프랑스 요리에 다룰 때, 더욱더 심층적으로 이해하는 게 가능할 터였다.

실제로 중국어의 경우에도 경험치가 50% 넘게 쌓였을 때 해당 국가 언어, 문화 등 전반적인 이해도 상승]이 새로 강화되었다.

이는 요리와도 충분히 이어질 수 있는 점이었다.

그리고 한수는 채널 편성표에서 필요로 하는 프로그램을 체크한 뒤 오늘도 어김없이 텔레비전에 푹 빠져들었다.

새로운 것을 배우면 배울수록 얻는 그 재미가 한수를 더욱 더 채찍질하고 있었다.

며칠 동안 한수는 텔레비전을 보는 데 많은 시간을 할애했다. 피로도를 다 소모한 뒤에는 근처 공원에서 운동을 하곤 했다. 그러고도 시간이 남자 슬슬 한수는 아르바이트 자리를 구할 생각도 하고 있었다.

등록금 같은 경우 어차피 국립대학교여서 저렴한 편인 데다가 성적장학금이 확실하게 나올 것으로 예상되어서 크게 걱정하지 않았다.

다만 염려하고 있는 건 생활비였다.

군대에 갔다 오기 전에는 부모님께 종종 생활비를 타서 쓰곤 했지만, 그런데도 항상 부족했던 게 생활비였다.

틈만 나면 치맥 파티였고 또 조기축구나 야구에서 내기를 한 적도 있었다. 그밖에는 친구들과 어울리다 보면 늘 부족할 수밖에 없었다.

그런 탓에 한수는 피로도를 쓰고 남은 시간 짬을 내서 아르바이트를 구할 생각 중이었다.

현재 한수가 고려 중인 아르바이트는 크게 두 가지였다.

하나는 과외 선생님이나 학원 강사였다. 예전이었으면 엄두도 못 냈을 일이지만 수학능력시험 만점이기 때문에 지금은 충분히 가능했다.

다만 단점이 있다면 수학능력시험 성적표가 나오는 3주 뒤까지 기다려야 한다는 것과 과연 자신이 다른 사람을 잘 가르칠 수 있을지 그게 불투명하다는 것이었다. 공부를 잘하는 것과 잘 가르치는 건 전혀 별개의 영역이었다.

두 번째 고려 중인 건, 식당 아르바이트였다. 그동안 퀴진 TV를 보면서 적지 않은 경험치를 쌓았고 이제 웬만한 요리들은 수준급으로 만들 자신이 있었다.

그러나 대부분의 식당은 신입에게 칼질을 맡기지 않는다. 아마 2~3개월 정도는 잔심부름 내지는 재료 다듬는 일을 시킬 게 뻔했다.

그렇지만 한수는 퀴진 TV를 통해 얻은 경험을 더욱더 발전시킬 수 있는 일을 하고 싶었다.

재료 다듬는 일도 중요한 건 사실이지만 한수가 원하는 건 요리였다. 그렇다 보니 이래저래 아르바이트 자리 구하는 게 까다로웠다.

어떻게 할까 고민하던 한수가 향한 곳은 예전에 다니던 대학교였다. 그가 이곳에 온 이유는 성욱이 운영하고 있는 미라클 PC방 때문이었다.

학교 중문 근처에 온 뒤 한수는 미라클 PC방으로 향했다.

카운터에 앉아 있던 성욱이 그런 한수를 반갑게 맞았다.

"오랜만이네? 너 복학한 거 아니었냐? 들어보니까 형설관 입실 고사도 안 봤다며? 어떻게 된 거야?"

한수가 머리를 긁적였다.

"미리 연락 못 드려서 죄송해요. 저 재수했어요. 그래서 휴학계 다시 냈거든요."

"재수? 올해 수능 봤다고?"

"네, 그렇게 됐어요."

성욱은 어처구니없다는 얼굴로 한수를 봤다.

"너 군대에서 수능 공부했었어?"

"에이, 그럴 시간이 어딨어요? 종일 뺑이치느라 바빴는데."

"그럼 전역하자마자 공부해서 봤다는 건데…… 그럼 대충 백 일? 그 정도 공부한 거잖아."

어이없어하던 성욱 형이 조심스럽게 물었다.

"……시험은 잘 봤냐?"

"하하, 네."

"뭐? 진짜 잘 본 거 맞아?"

"형, 주변에 한국대학교 졸업생이나 재학생 있어요?"

"뭐? 한국대? 당연히 없지. 먼 사촌이라면 있으려나? 뜬금없이 한국대는 왜?"

"그럼 제가 최초겠네요. 하하."

"뭐가 최초…… 설마 너? 어디 다쳤냐?"

한수가 그런 성욱을 보며 환하게 웃었다.

"저 만점이에요."

"미친."

자신도 모르게 욕지거리를 내뱉은 성욱 형이 고개를 세차게 저었다.

"너 어디 아픈가 보다. 병원 가 봐야 하는 거 아니냐?"

성욱이 머리를 절레절레 저었다.

그런 성욱을 보며 한수가 멋쩍게 웃어 보였다.

역시 그는 자신이 하는 말을 믿지 않았다.

대학 생활 내내 자신이 보여준 모습을 아는 상황에 믿을 리가 없긴 했다. 오히려 곧장 믿는 게 더 말이 안 되는 상황이긴 했다.

"맞아요, 농담이에요. 안 속네요. 이럴 때는 그냥 속아주지. 그건 됐고 사실 오늘 온 건 다른 이유 때문이에요."

"그게 뭔데?"

"형, 여기 음식들요. 매출 어때요?"

"그럭저럭. 근데 라면 위주로 많이 나가는 편이야. 사실 여기까지 와서 누가 파스타나 볶음밥을 시켜 먹겠냐? 가끔 끼니 때우려고 오는 애들도 있긴 한데 대부분은 컵라면이지. 왜?

너도 PC방 차리게?"

"에이, 제가 무슨 돈이 있어서요. 요리는 아직도 형이 다하시는 거예요? 그러다가 손님 오면 어떻게 하시는 거예요?"

"뭐 잠깐 중단했다가 다시 만드는 거지. 어차피 대부분 완제품 사다가 프라이팬으로 다시 볶는 거라서 어렵지도 않아. 대부분 다 이런 식으로 하거든. 파스타는 생각보다 만들기 쉬우니까 내가 직접 만들곤 하지만 그렇게 손이 많이 가는 건 아니고."

"흠."

가만히 고민하던 한수가 성욱을 보며 말했다.

"형, 잠깐 시간 좀 내주실 수 있죠?"

아직은 한산한 시간.

성욱이 스스럼없이 고개를 끄덕였다.

한수는 의자 하나를 가지고 와서 카운터 옆에 앉은 뒤 성욱을 보며 말했다.

"형, 방향을 조금 달리 해보는 건 어때요? 대학가라서 워낙 PC방이 많긴 한데 다 비슷해서 특색이 필요할 거 같더라고요."

"음, 방향을 달리한다고? 어떤 식으로? 어쭙잖은 생각은 말고. 그러다가 단골 잃으면 나 장사 망한다."

"PC방은 그대로 가져가되 요리를 고급화해서 파는 건 어때요? 가격은 레스토랑에서 파는 것보다 좀 더 저렴하게 받더라도요."

"뭐? 고급화? 아서라. 한 시간에 천 원 받는데 여기서 무슨 고급화를 하나?"

"그러지 말고요. 워낙 PC방 하면 칙칙하고 폐쇄적이고 어둡고 뭐 그런 것만 생각하잖아요. 그러지 말고 조금 더 깔끔하고 세련되고 그런 이미지를 만들어 보자는 거죠. 그러면 손님들도 더 많이 찾아오지 않을까요? 다른 곳하고 차별화된 느낌이 확 살아나잖아요."

성욱의 표정이 조금 더 진지해졌다.

PC방 매출 중에서 손님들의 PC방 이용료가 차지하는 비용은 얼마 되지 않는다.

그보다는 PC방에 놀러 와서 먹고 마시는 것들이 매출에 더욱더 직접적인 영향을 미친다.

성욱이 다른 PC방과 달리 오픈 키친을 만들고 요리까지 직접 하는 것에는 다 그럴 만한 이유가 있었다. 그건 성욱이 후발주자여서다.

그가 호기심이 동한 얼굴로 한수를 바라봤다.

"흠, 그 이미지를 어떻게 만들려고?"

"제가 요리를 좀 할 줄 알거든요. 프랑스, 스페인, 독일, 이탈리아, 미국, 브라질 등 아, 한식하고 일식도 가능하고요."

"뭐? 네가? 인마. 그때 형설관 OT 갔을 때 너, 라면 하나도 제대로 못 끓였으면서."

"저 좀 믿어봐요. 그럼 제가 여기 주방 이용해서 요리 한번 만들어 볼게요. 그럼 믿으실래요?"

"흠, 뭐 믿져야 본전이긴 하지. 알았어. 뭐 만들 건데? 설마 영국 요리는 아니겠지?"

한수가 웃음을 터뜨렸다.

"설마요. 프렌치 요리로 시작해 볼게요. 냉장고에 있는 재료 아무거나 써도 되죠?"

"그래라."

한수는 소매를 걷어붙였다. 그런 다음 앞치마를 두르고 주방에 섰다.

이제 진짜 자신의 실력을 성욱에게 보여줄 차례였다.

PC방 구석에 만들어진 주방이긴 해도 화력은 일반 가정집과 비교할 수준이 아니었다.

한수는 냉장고를 뒤적였다. 냉장고에는 성욱의 말대로 이미 만들어졌다가 진공 포장된 완제품들이 한가득 쌓여 있었다.

그러나 한수가 원하는 재료는 이게 아니었다. 신선하고 질 좋은 것들이었다. 그리고 그는 냉장고에서 제법 괜찮아 보이는 재료를 찾아낼 수 있었다.

1++등급은 아니어도 1등급의 한우 등심이었다.

적당한 마블링에 선명한 핏기가 군침을 저절로 돌게 하고 있었다.

그 밖에 냉장고 안에는 의외의 물건들이 곳곳에 자리하고 있었다.

와인, 허브, 버터, 치즈 등.

한수는 그것을 보며 입가를 실룩였다.

아마도 이걸로 아리따운 여자와의 근사한 데이트를 준비했던 모양이다.

그러나 한수는 거침없이 그 재료들을 몽땅 꺼내놓았다.

가만히 한수를 지켜보던 성욱이 눈을 크게 떴다.

"야! 그 재료들……."

"에이, 이 정도는 쓰게 해줘야죠. 프렌치 레스토랑에서나 볼 법한 스테이크라니까요?"

"……알았다. 오래 걸리냐?"

"일단 이십 분 정도요. 냉장고에서 바로 꺼낸 다음 조리하면 안 되거든요."

"어? 바로 굽는 거 아니었어?"

"그럴 리가요. 그러면 겉면을 잘 지질 수가 없어요. 형은 굽기 어느 정도면 돼요?"

"당연히 고기는 미디움 레어지."

"위(Oui:프랑스어로 Yes)."

대략 이십 분 정도 지난 뒤 한수는 스테이크에 바로 소금을 뿌렸다.

원래대로라면 사십 분 정도가 지난 후에 뿌려야 했지만 그렇게 오랜 시간 기다릴 수는 없었다. 바로 소금을 뿌린 다음 연기가 올라올 정도로 뜨겁게 달구어진 팬에 그대로 등심 스테이크를 올렸다.

그 뒤 센 불을 통해 스테이크 겉면을 지지기 시작했다. 시어링(Searing)이라 불리는 과정으로 마이야르 반응을 통해 더욱 더 맛을 만들어내는 한편, 바삭바삭한 크러스트를 형성해 내는 것이었다.

그렇게 겉면을 바싹 익힌 뒤 한수는 약한 불로 천천히 속을 익히기 시작했다.

한수가 주방에서 소고기를 굽는 동안 그 냄새가 PC방 구석구석 퍼졌고 게임을 하는 사람들의 목울대가 꿀렁거렸다. 다들 군침을 삼키고 있는 것이다.

이미 몇몇은 게임을 하다 말고 카운터 주변으로 와서 주방 쪽을 기웃거리고 있었다.

"뭐 요리하는 거예요?"

"아, 제 후배인데 스테이크를 굽는다고 해서요. 이따가 한번 시식해 봐요."

"정말요? 아싸!"

"대신 어떤지 냉철하게 평가해 줘요."

"소고기 굽는 건데 맛이 없을 리가 없잖아요."

"그건 그렇지만 저는 미디움 레어로 구워달라 했거든요. 그렇게 나올지 봐야죠. 하하."

대부분의 레스토랑도 어려워하는 게 바로 속을 굽는 일이다.

레어, 미디움 레어, 미디움, 미디움 웰던, 웰던, 다섯 단계로 나뉘어 있는 굽기.

그런데 이 굽기를 정확하게 지키는 레스토랑은 찾아보기 어려울 정도다. 그건 대부분의 패밀리 레스토랑도 마찬가지다.

성욱이 주의 깊게 살피고 있는 건 바로 그 부분이었다.

그러는 사이 한수가 스테이크를 접시에 담았다.

그런 다음 팬의 바닥에 남아 있는 거뭇거뭇한 자국에 미리 만들어 둔 육수와 함께 적포도주, 파슬리, 버터 등을 더해 졸이기 시작했다.

사실상 이 퐁(Fond)에 맛이 농축되어 있을 것이기 때문에 이것은 스테이크와 완벽하게 어울릴 소스가 되어줄 것이 분명했다.

요리를 끝낸 뒤 한수는 소매로 이마를 훔쳐 땀을 닦아낸 다음 접시를 가져왔다.

한눈에 봐도 고급스러워 보이는 스테이크가 접시에 담겨 있었다.

그것을 보며 성욱이 미간을 좁혔다.

"짜식, 이따가 집에 가서 구워 먹으려고 한 건데. 그걸 또 용케 찾아내서."

"아마 형이 집에 가서 구워 먹는 것보다 훨씬 더 맛있을걸 요? 한번 먹어봐요. 자, 여기."

한수가 나이프와 포크를 내밀었다.

성욱이 주변을 힐끗 훑었다.

PC방에 게임 하러 온 사람들의 시선이 모니터가 아니라 성 욱과 성욱 앞에 놓인 소고기 스테이크에 잔뜩 쏠려 있었다.

'하긴, 배고플 수밖에 없지.'

슬슬 점심시간이다. 다들 허기질 수밖에 없다.

그 와중에 이렇게 먹음직스럽게 구워진 스테이크가 요란한 냄새를 풍기고 있다.

누구라도 배에서 요란한 소리를 내고 있을 만하다.

성욱은 나이프를 든 다음 그대로 스테이크를 자르기 시작 했다.

질길 줄 알았던 소고기가 무슨 두부 썰 듯 부드럽게 잘렸다. 그러면서 붉은 기가 남아 있는 속살이 그대로 자태를 드러냈다.

"꿀꺽."

성욱은 자신도 모르게 침을 크게 삼켰다.

그것도 잠시, 성욱은 단숨에 스테이크를 입안에 집어넣었다.

가만히 그 모습을 보고 있던 손님들 입에 침이 고였다.

"와······."

성욱은 자신도 모르게 감탄사를 흘렸다.

믿어지지 않는 맛이었다.

겉면은 바삭바삭하게 익은 크러스트의 질감이 확 느껴졌다. 그리고 씹으면 씹을수록 미디움 레어로 구워진 고기의 질감이 제대로 살아나고 있었다.

그것만이 아니었다. 스테이크를 구워낸 다음 한수가 남아 있는 것들로 만들어낸 소스, 그것이 하이라이트였다.

스테이크와 완벽하게 조화된 채 맛을 한 겹, 두 겹, 아니, 수백 겹 심화시키고 있었다.

평범한 스테이크 가게나 패밀리 레스토랑에서 먹을 수 있는 그런 스테이크가 아니었다. 이건 진짜 스테이크를 전문으로 하는 레스토랑에 가야 먹을 수 있는 그런 스테이크였다.

성욱은 어느새 슈크림처럼 사라져 버린 고기에 아쉬운 나머지 쩝쩝거리며 입맛을 다실 수밖에 없었다.

그리고 나머지 스테이크를 마저 먹으려 했다. 그러나 자신을 노려보는 손님들을 보며 성욱이 머리를 긁적였다.

결국 성욱은 하는 수없이 마음에도 없는 말을 꺼내야 했다.

"한번······ 시식해 보실래요?

"예!"

그 말이 끝나기가 무섭게 우렁찬 목소리가 터져 나왔다.

동시에 사람들이 재빠르게 줄을 서기 시작했다.

제일 먼저 줄은 선 건 패셔니스타 뺨치게 옷을 차려입은 커플이었다.

그들은 스테이크를 먹기 전 가방에서 DSLR 카메라를 꺼내더니 사진부터 찍어대기 시작했다.

뒤에서 아우성이 들렸지만, 그들은 아랑곳하지 않았다.

그렇게 스무 장 넘게 사진을 찍은 뒤에야 두 사람은 스테이크를 조금 잘라낸 다음 입에 넣었다. 그리고 그들도 얼마 지나지 않아 성욱처럼 감탄사를 토해냈다.

외양을 보고 썩 기대치는 않고 있었다. 어차피 PC방에서 파는 스테이크인 만큼 그냥 낯선 장소에서 이런 고급 음식을 먹는다는 것에 의의를 둘 생각이었다.

그러나 실제로 스테이크 한 조각을 입에 넣었을 때 그들은 생각을 바로 수정해야 했다.

믿기지 않는 맛이었다. 고급 레스토랑에서 판다고 해도 믿을 만큼 완벽한 퀄리티를 자랑하고 있었다.

"아."

그들은 이내 아쉬움을 드러냈다.

이럴 줄 알았으면 조금 더 크게 덩어리를 잘라서 먹을 걸 하는 생각이었다.

저 접시 위에 놓인 스테이크 덩어리를 빼앗기고 싶지 않앉다.

그러나 그것도 잠시 커플이 쫓겨나고 다른 손님들도 조금씩 스테이크를 잘라서 한 조각씩 우물거리기 시작했다.

그들의 반응도 앞선 커플들과 같았다.

얼마 남지 않았던 스테이크마저 사라진 뒤 손님들이 성욱에게 달려가서 물었다.

"사장님, 저 스테이크 얼마예요?"

"저 한 덩이만 구워주시면 안 돼요?"

"아, 배고파 죽겠어요."

성욱이 곤란한 얼굴로 말했다.

"죄송합니다. 그냥 오늘은 테스트용으로 만들어 본 것뿐이라서요."

"그럼 언제 먹을 수 있는데요?"

"어, 빨라도 일주일은 지나야 가능할 거 같은데요?"

"……가격은 얼마나 받으시려고요?"

성욱이 곰곰이 셈을 해봤다.

조금 전 사서 온 건 1등급 등심이었다. 그러나 그걸 조리해서 팔면 수익이 남을 수가 없다.

최소 4만 원에서 5만 원은 받아야 할 텐데 PC방에 오는 손님들이 그 가격을 주고 스테이크를 먹을 리가 없기 때문이다.

"이번 것은 테스트용이고요. 실제로는 조금 품질이 떨어지

는 소고기를 사용할 거라서요. 가격도 조금 고민해 봐야 할 거
같네요."

"아, 아쉽네."

"이럴 줄 알았으면 좀 더 크게 잘라 먹을걸."

투덜거리는 손님들 뒤로 한수가 성욱을 향해 싱긋 웃어 보
였다.

성욱이 놀란 얼굴로 한수를 보며 소리쳤다.

"야! 너 어떻게 된 거야?"

"궁금해요?"

"어이가 없네. 이게 무슨 상황인지 설명 좀 해봐."

한수가 어깨를 으쓱했다.

"뭐긴요. 그냥 제가 요리 잘하는 거죠. 하하."

"……그런 놈이 오티 갔을 때 기껏 한 게 간장계란밥이었냐?"

"나름대로 노력했죠. 그보다 형, 어떻게 할 거예요? 이거
한번 팔아볼래요?"

손님들이 빠지고 어느 정도 PC방이 한산해지자 두 사람은
앞으로의 일을 두고 논의를 나누기 시작했다.

한수가 원하는 건 두 가지였다.

첫 번째는 요리 경험이었다. 퀴진 TV를 보는 것뿐만 아니
라 주방에서 요리하는 것도 경험치를 올리는 데 도움이 되고
있었다.

또, 실제로 요리를 해야만 늘어나는 것도 있었다. 이를테면 칼질 같은 것은 꾸준한 노력이 반드시 필요했다.

두 번째는 돈이었다. 어쨌든 자신은 고급 인력이었다.

그런 만큼 적당한 수준의 시급이 필요했다.

성욱은 두 가지 조건을 내건 한수를 보며 협상안을 내놓았다.

"시급 대신 인센티브를 줄게."

"인센티브요?"

"어, 네 메뉴가 팔리면 거기 수익의 절반을 네게 떼줄게. 대신 재료비나 수도세, 전기세 같은 건 다 내가 부담하고. 어때?"

"스테이크는 얼마에 팔려고요?"

"스테이크용 호주산 등심 가격이 500g에 팔천 원이야. 패밀리레스토랑에서 파는 스테이크가 200g에 삼만 원 정도고."

"그래서요?"

"너무 비싸게 팔면 손님들이 안 찾을 거야. 그렇다고 너무 저렴하면 인건비도 안 나오겠지? 적정가격을 찾아야 해. 음, 내 생각엔 200g을 1인분으로 하고 만오천 원 정도에 팔면 어떨까 싶어."

"만오천 원요? 솔직히 그 돈 내고 PC방 와서 스테이크 먹으려는 사람이 있을까요?"

한수의 지적은 타당했다.

"그래. 그래서 나는 네가 또 다른 메뉴를 구상해 줬으면 좋겠어."

"또 다른 메뉴요?"

"어, 스테이크인데 값싸게 먹을 수 있는 거로."

"좋아요. 그럼 일은 언제부터 할까요?"

"지금 당장은 안 돼. 보건증부터 발급받아야지. 그거 나오려면 한 일주일 정도 걸리니까 그 이후부터 시작하자."

"좋아요. 저는 주방 일만 하는 거 맞죠?"

"어, 시급도 없는데 PC방 일까지 시킬 수는 없지. 일은 너 나오고 싶을 때 나와서 하면 돼. 이왕이면 점심시간이나 저녁시간 때 나오는 게 좋겠지?"

"그건 제가 알아서 할게요."

"좋아. 그동안 나는 메뉴판 새로 만들고 영업 준비해 놓을게."

"좋아요. 그럼 앞으로 잘 부탁드릴게요, 사장님."

"나도, 잘 부탁한다."

두 사람은 야심 차게 준비를 했다.

보건증을 발급받는 동안 한수는 퀴진 TV를 보며 계속해서 요리 실력을 쌓아 올렸다.

그러는 한편, 새로운 레시피도 개발에 들어갔다. 더욱더 저렴한 가격에 사람들이 즐길 수 있는 스테이크를 만들기 위해서였다.

성욱은 그동안 메뉴판을 새롭게 만들면서 스페셜 메뉴로

한수의 스테이크를 올려놓았다.

그리고 영업 첫날이 되었다.

한수는 들뜬 마음으로 PC방에 도착했다. 그러나 PC방 안은 한산했다.

10시에 출근했지만 두 시간이 지나도록 손님은 오질 않았고 PC방 안은 고요하기만 했다.

한수가 성욱을 보며 허탈한 목소리로 말했다.

"우리 완전 망한 거 아닐까요?"

"첫술에 벌써 배부를 생각이었냐? 기다려 봐. 1시쯤 되면 손님들 오겠지."

성욱 말대로 오후 1시가 지나고 나서야 손님이 한두 명 들어오기 시작했다.

그러나 그들은 자리에 앉아 게임만 할 뿐 주방에는 눈길을 두지 않았다.

스테이크 사진이 맛깔스럽게 뽑혔지만 아무도 관심이 없었다.

'이거 완전 망한 건가?'

브라운관 TV를 통해 능력을 얻게 되고 수학능력시험에서 만점을 받으며 승승장구했다.

그래서 이번 일도 순풍에 돛을 단 듯 잘 풀릴 거라고 생각했는데 예상과는 전혀 달랐다.

"아…… 망했네."

주방에 걸터앉은 채 한수는 한숨만 내쉬었다.

그때였다. PC방 정문이 열렸다. 그리고 이십 대 후반쯤 되어 보이는 여성이 들어왔다.

한겨울인데도 불구하고 그녀는 선글라스를 끼고 있었다. 화려한 옷차림으로 치장한 그녀는 대학생이라기보다는 잘나가는 커리어우먼에 가까웠다.

PC방 입구에 선 채 주변을 두리번거리던 그녀가 카운터 옆에 배치된 주방 쪽으로 발걸음을 옮겼다.

성욱이 그녀를 붙잡기도 전에 그녀는 주방을 훑어보기 시작했다. 오픈 키친 형태였기 때문에 바깥에서도 주방 안을 보는 건 그리 어려운 일이 아니었다.

가만히 주방을 보던 그녀가 한수를 보며 물었다.

"쉐프님이신가요?"

"예? 아, 예."

"잘 부탁드려요."

그 말을 끝으로 그녀는 주방이 잘 보이는 자리로 가서 앉았다. 그런 뒤 그녀가 처음으로 오더했다.

성욱이 호들갑을 떨며 한수에게 달려갔다.

"야, 너 첫 주문 들어왔다. 스테이크 하나, 굽기는 미디움 레어다."

"저분이에요?"

한수가 맞은편에 있는 여자를 슬쩍 쳐다보며 물었다.

성욱이 고개를 끄덕였다.

"내가 볼 땐 네 스테이크 먹으러 온 거 같아."

"그래요? 어떻게 알고 왔대요?"

"이거 봐."

성욱이 한수에게 휴대폰을 내밀었다. 그가 보여준 건 인스타그램이었다.

그곳에는 일주일 전쯤 가게에 놀러 왔다가 스테이크를 먹고 간 커플이 남긴 사진과 글이 올라와 있었다.

맛있게 구워진 스테이크와 함께 올라온 글을 한수가 확인했다.

「미라클 PC방에서 먹은 최고급 스테이크 요리. 이게 단돈 만오천 원이래요! 믿어지세요? 고급 프렌치 레스토랑에서나 먹어볼 법한 맛! #미라클_PC방 #스테이크 #프렌치 #레스토랑 #단돈만오천원 #상원동 #서한대 #대박예감 #PC방에서_소고기_스테이크를? #11월_15일_전격_오픈」

"그 커플들이 올린 거예요?"

"그래. 얘네들 꽤 유명한가 봐. 지금 꽤 많이 공유됐어."

"알았어요. 그럼 저는 이만 요리하러 가 볼게요."

한수는 앞치마를 멘 다음 심호흡을 거듭했다. 손님을 위한 첫 요리였다. 최선을 다해 준비할 생각이었다.

한수는 강한 불에 프라이팬을 달구기 시작했다.

이제부터 본격적으로 요리할 시간이었다.

이혜진은 SNS 중독이었다. 그녀는 꽤 많은 팔로워를 가지고 있는 인스타 스타였고 유행에 무척 민감했다.

그러다가 닷새 전 인스타그램에 올라온 사진 한 장에 촉각을 곤두세웠다.

그녀 못지않게 유명한 인스타 커플의 인스타그램에 올라온 사진이었는데 스테이크 사진이 예술 그 자체였다.

'또 서래마을에 있는 프렌치 레스토랑 갔다 온 거 자랑하는구나'라고 생각했지만, 그 생각은 얼마 지나지 않아 산산조각 부서지고 말았다.

해시태그를 보니 미라클 PC방이라는 곳에서 먹은 스테이크였기 때문이다.

게다가 가격도 만오천 원이었다.

말도 안 되는 가격과 품질에 그녀는 곧장 미라클 PC방 위치를 검색했다.

그녀가 살고 있는 지역과는 거리가 꽤 멀었지만 직접 두 눈으로 확인하고 싶었다. 트렌드에 뒤처지지 않기 위해서였다.

또, PC방에서 저 정도 품질의 스테이크를 고작 만오천 원을 받고 판매한다는 게 믿어지지 않아서였다.

저 인스타 스타 커플이 사기를 쳤든가 아니면 돈을 받고 홍보를 해준 것일지도 몰랐다.

요즘 들어 SNS 하는 사람들이 부쩍 늘어나며 홍보용으로 SNS을 쓰는 경우도 잦아서였다.

'내 두 눈으로 똑똑히 확인해 주겠어.'

만약 그 정보가 사실이라면?

사실이어도 좋았다. 지금 당장은 유명하지 않아도 몇 년, 아니, 짧게는 며칠 만에 유명세를 탈 수도 있는 게 SNS가 부리는 마법이었다.

실제로 몇 달 전 미국에서 대단히 인기가 많던 프랜차이즈 햄버거가 처음 국내에 진출한 적이 있었다.

그때 SNS를 하던 사람들은 대부분 그 가게가 오픈하자마자 들렀고 재빠르게 사진을 업로드하기 시작했다.

그것 때문에 새벽부터 줄 서서 기다리는 사람도 적지 않았다.

최신형 스마트폰이 출시될 때도 비슷한 일이 종종 생기곤 했다.

그만큼 우리나라 사람들은 유행에 민감하고 최신 트렌드에서 뒤처지고 싶어 하지 않았다.

만약 이게 사실이라면 미라클 PC방이라는 곳은 머지않아 유명세를 탈 게 분명했다.

또 그곳을 알아낸 자신의 안목도 그만큼 높게 평가받게 될 터였다.

다행히 개점일에 처음 요리를 주문한 건 자신인 것 같았기에 그녀는 두근거리는 마음으로 요리가 나오기만을 기다렸다.

혜진은 애써 긴장을 풀려 했다. 그것도 잠시 지글거리는 소리와 더불어 코끝을 찌르는 달콤하면서 맛있는 냄새에 자신도 모르게 입가에 침이 고이기 시작했다.

혜진은 연거푸 침을 삼켰다.

이제 얼마 남지 않았다. 곧 이 기다림이 충족될 게 분명했다.

그렇게 삼십 분 정도 더 시간이 흘렀다. 혜진으로서는 맨발로 불지옥을 걷는 것보다 더 끔찍한 고통 속에 있던 시간이었다.

그런 뒤 비로소 천국이 열렸다.

한수가 손님을 위해 처음 만든 요리가 완성되었다.

성욱은 첫 손님을 위해 직접 접시 받침대를 가지고 그녀를 향해 걸어갔다.

PC방에 앉아 있는 사람들이 성욱의 등을 좇았다. 그들 모두 아까 전부터 주방에서 풍겨 나오는 고혹적인 냄새 때문에 침을 연거푸 삼키고 있었다.

마침내 혜진 앞에 접시가 놓였다.

접시 위에는 한눈에 봐도 먹음직스러운 스테이크가 아름답게 플레이팅되어 있었다.

혜진은 자신도 모르게 어깨를 폈다.

처음은 아니지만 미라클 PC방에 있는 레스토랑이 개장한 첫날, 첫 번째로 스테이크를 먹을 수 있게 됐다.

그것만으로도 충분히 상징성 있는 일이었다.

그녀는 자부심 가득한 얼굴로 자기 앞자리를 내려다봤다. 키보드는 진즉에 치운 지 오래였다.

조금 전 컨 컴퓨터의 모니터 화면에는 그녀의 인스타그램 계정이 떠올라 있었고 제일 첫 인스타는 미라클 레스토랑의 스테이크를 먹어볼 수 있게 됐다는 인증샷이 이미 올려져 있었다.

혜진은 말없이 자신 앞에 놓인 스테이크를 바라봤다.

그때 그 사진은 포샵된 사진이 전혀 아니었다. 그야말로 날 것 그대로였다.

사방에 놓인 게 컴퓨터와 모니터지만 혜진은 스스로 고급스러운 프렌치 레스토랑에 와 있다는 생각이 들 만큼 눈앞에 놓인 스테이크의 자태는 완벽 그 자체였다.

일단 그 인스타 커플이 올린 건 가짜가 아니었다.

이제 관건은 맛이었다.

그녀는 아까 전 꺼내놓은 카메라로 스테이크 사진을 여러 장 찍은 뒤 마지막에는 스테이크를 옆에 놓고 셀카까지 찍었다.

그리고 난 뒤 그녀는 마침내 나이프를 들었다. 게임을 하다가 말고 그녀 곁에 모여든 사람들은 기대 어린 눈빛으로 그녀와 스테이크를 번갈아 바라보고만 있었다.

'그래, 이거야. 나를 바라보라고!'

그녀는 옆에 놓인 나이프와 포크를 들었다. 그런 다음 조심스럽게 칼질을 하기 시작했다.

서어억―

부드럽게 고기가 잘렸다. 푸딩을 자르는 것 같았다.

그리고 잘린 고기를 그녀는 천천히 입으로 가져갔다.

꿀꺽―

사람들의 시선이 그녀를 향해 집중되고 있었다.

CHAPTER 4

한수는 초조한 얼굴로 주방에 서 있었다.

요리를 처음 만든 건 아니었다.

부모님께 서툴지만, 첫 요리를 대접했고 할아버지한테도 한식 요리를 대접한 적이 있었다.

그러나 그것들은 돈을 받고 판 게 아니었다.

이번은 달랐다. 제값을 받고 판매하는 그의 첫 번째 요리였다. 긴장되고 또 부담될 수밖에 없었다.

걱정되는 건 단 하나 그녀가 자신의 요리를 먹고 내비칠 반응이었다.

혹시 자신도 모르는 사이 무슨 사소한 실수를 저지른 건 아닐까 우려스러웠다.

그때였다. 성욱이 주방에 있던 한수를 불렀다.

"한수야, 너 잠깐 나와봐야겠다."

"예? 왜요?"

"아까 그 여자 손님이 너 찾는다."

"네? 저를요?"

한수는 긴장한 얼굴로 주방에서 나왔다. 그리고 그녀에게로 향했다.

한수가 그녀 앞에 섰다.

그러나 막상 앞에 서자 걱정이 되지 않았다. 자신의 요리는 프랑스에서 수십 년 공부한 쉐프가 만드는 것과 같은 맛을 낼 수 있다.

그는 자신의 요리에 충분한 자신감을 느끼고 있었다.

"찾으셨다고 들었습니다."

혜진은 눈앞에 서 있는 한수를 뚫어지게 바라봤다. 키는 꽤 큰 편이고 얼굴도 아주 잘생긴 건 아니지만, 훈남이라고 할 만했다. 체격은 마른 편이어서 호리호리하다는 느낌이 들었다.

가만히 한수를 보던 그녀가 웃으며 접시를 내밀었다.

이미 접시는 깔끔하게 비어 있었다.

"정말 맛있게 먹었어요. 감사합니다."

몇 마디 아니었지만, 그녀의 목소리에서는 구구절절 진심이 녹아들어 있었다.

한수는 그 말에 입가에 미소를 그렸다.

"고맙습니다. 맛있게 드셨다니 정말 다행입니다."

처음으로 돈을 받고 판 요리다. 그런데 손님이 극찬을 마다하지 않고 있다.

한수는 꾸벅 고개를 숙여 보인 뒤 주방으로 돌아왔다.

'됐어! 성공이야!'

그러나 그와 별개로 스테이크 주문량은 많지 않았다.

혜진이가 맛있게 스테이크를 먹는 모습을 본 손님은 적지 않게 있었지만, 그들이 고른 건 컵라면 또는 과자였다. 스테이크는 달랑 1개 나갔고 그 이후 스테이크를 찾는 사람은 전무했다.

결국, 한수는 아쉬운 마음으로 퇴근할 수밖에 없었다.

찾는 손님들도 없는데 굳이 PC방에 계속 남아 있을 이유가 없었다.

그럴 바에는 피로도를 써서 경험치를 더 쌓는 게 옳았다. 그리고 집에 들어온 뒤 한수는 씻자마자 텔레비전을 켰다.

현재 퀴진 TV의 경험치는 11%.

오늘은 무슨 일이 있어도 이 경험치를 15%까지 쌓아 올릴 생각이었다.

마침 퀴진 TV에서는 아르헨티나 요리법을 한창 소개 중이었다.

아르헨티나는 한때 유럽의 식민지였고 그런 만큼 유럽, 개중에서도 스페인, 이탈리아, 프랑스의 영향을 많이 받았다. 음식 문화도 마찬가지였다.

게다가 아르헨티나는 소고기, 우유, 밀, 옥수수 등 주요 작물들의 생산량이 많고 품질이 우수한 덕분에 관련 요리도 꽤 발달했다.

대표적인 요리는 역시 아사도(Asado)로 소의 갈비뼈를 약한 숯불에 4시간 이상 천천히 익혀 먹는 요리다.

그밖에는 엠빠나다(Empanadas)나 둘세데레체(Dulce de leche)가 가장 대중적인 요리라 할 수 있었다.

한수는 브라운관 TV를 통해 아르헨티나 한 가정집을 볼 수 있었는데 평범한 가정집인데도 불구하고 집 안에 바비큐 그릴이 마련되어 있었다.

그 위에는 큼지막한 아사도와 초리소(소세지)가 먹음직스럽게 구워지고 있었다.

별다른 양념을 하지 않고 굽는데도 불구하고 아사도는 굉장히 맛있어 보였는데, 이는 아르헨티나의 소고기가 최상급으로 분류되고 있기 때문이었다.

한수는 그것을 보며 침을 꼴깍 삼켰다. 조금 전까지 숱하게 요리를 만들다가 왔는데도 막상 텔레비전에서 만들어지고 있는 요리를 보자 군침이 저절로 돌았다.

그러는 사이 퀴진 TV를 통해 경험치는 계속해서 쌓이고 있었고 피로도를 3 정도 소모했을 때 한수는 드디어 경험치 15%를 달성할 수 있었다.

한수가 15%의 경험치가 쌓였다는 걸 안 건 그냥 본능에 가까웠다. 언제부턴가 경험치를 쌓을 때마다 자동적으로 몇 % 정도 쌓였는지 알 수 있었다.

한수는 15%가 쌓이자마자 눈을 감았다.

15%가 되면 새롭게 능력이 강화될 뿐만 아니라 또 다른 채널을 위한 해금 조건이 나타나게 되어 있다. 이번에도 마찬가지일 터였다.

한수의 그런 생각에 대답이라도 하듯 알림창이 연속적으로 떠오르기 시작했다.

한수는 차근차근 알림을 확인했다.

[전반적인 요리에 대한 이해도가 상승하며 15% 쌓였습니다. 이제부터 요리를 하면 할수록 손놀림이 빨라지게 됩니다.]

[언제나 기본은 변하지 않습니다. 기초를 제대로 쌓을수록 추가적인 이해도를 얻을 수 있습니다.]

[최소한의 등급 심사 조건을 해제하였습니다.]

[등급 심사에 통과하려면 새로운 레시피를 개발해서 PC방 매출을 상승시켜야 합니다.]

[등급 심사에 통과하면 한 개 채널을 추가로 획득할 수 있습니다.]

[78번 채널을 마스터할 경우 추가로 획득 가능한 채널은 27번 혹은 58번입니다.]

우선 한수는 새로 얻을 수 있는 채널부터 확인했다.

27번 혹은 58번.

두 가지 채널 중 하나를 얻는 게 가능했다.

일단 27번 채널은 K-POP TV였다.

K-POP TV는 오래전부터 한류 열풍을 일으킨 K-POP을 집중적으로 다루고 있는 채널로 이 채널을 구독하게 된다면 아마 노래 실력이 대폭 좋아질 게 분명했다.

만능 엔터테이너가 되려 한다면 필수적으로 얻어야 하는 채널이기도 했다.

반면에 58번 채널은 해외 축구 중계 채널이었다. 한수는 틈만 나면 프리미어리그 경기를 볼 만큼 축구를 좋아했고 일요일마다 선배들하고 조기축구도 즐겼을 정도였다.

둘 다 한수에게는 반드시 필요한 채널이었다.

한 가지만 얻을 수 있다는 게 아쉬울 정도였다.

어쨌든 둘 중 하나를 얻으려면 새로운 레시피를 개발해서 PC방 매출을 올려야만 했다.

그런 만큼 인센티브가 발생할 테니 자신에게도 도움이 되는 일이었다.

한수는 곰곰이 고민을 거듭했다.

그동안 몇몇 레시피를 고민하긴 했지만 이렇다 할 레시피를 만들어내진 못했다.

아무래도 한동안 이에 대해 고민을 해봐야 할 것 같았다.

며칠이 지났다.

그동안 스테이크는 여섯 개 나간 게 전부였다.

그것도 대부분 SNS을 통해 호기심을 갖고 놀러 온 사람이 전부였다.

한수는 자신이 잘못 생각했다는 걸 깨달았다.

PC방에 오는 손님들의 연령층과 그들의 직업을 고려하지 못한 자신의 잘못이 컸다.

이곳은 고급화 전략을 쓰기에는 적절치 않은 상권이었다.

일단 이용하는 손님 연령층이 십 대에서 이십 대가 많았다. 대부분 용돈을 타서 쓰는 나이인 만큼 지갑이 얇을 수밖에 없다.

또, 분위기를 내려면 조금 더 돈을 들여서 패밀리 레스토랑을 가려 할 게 분명했다.

굳이 이런 PC방에 와서 분위기를 내려 할 손님은 없을 터였다.

"아무래도 이건 아닌 거 같다."

"저도요. 제가 잘못 생각했어요."

"한두 번 호기심 가지고 먹어볼 순 있지만, 매번 찾아와서 먹을 정돈 아니라는 거야. 차라리 여기가 강남 한복판이면 좀 더 나았으려나?"

"역시 스테이크는 레스토랑에서 팔아야 하는 건가 봐요."

"괜찮아. 스테이크는 그냥 스페셜 메뉴로 남겨놓으면 돼. 그동안 고생했다."

"아, 그전에 하나 더 도전해 보고 싶은 메뉴가 있어요."

"뭐? 뭔데?"

"이번에도 스테이크예요."

"……야, 왜 실패했는지 뻔히 답 나왔잖아. 그런데 또 스테이크야?"

"걱정하지 마요. 전혀 새로운 레시피를 만들어 왔으니까요."

한수가 새로 준비한 레시피를 성욱 앞에서 설명하기 시작했다.

그가 새로 구상해 낸 건 콥밥이었다.

동네 분식집을 지나가다 보면 흔히 파는 콥밥은 닭강정하고 콜라를 한데 묶어 파는 것으로, 보통 천오백 원에서 이천 원 정도 한다.

아이들이 주로 즐겨 먹으며 나름대로 양도 꽤 된다.

한수는 여기서 포인트를 얻었고 컵스테이크를 개발했다.

고슬고슬하게 지은 밥, 그 위에 적당한 양의 스테이크를 올리는 것이었다.

가격은 4,000원.

요즘 편의점 도시락도 4천 원 내외고 PC방에서 먹는 컵라면도 천오백 원에서 이천 원 내외인 걸 감안하면 이 정도 가격은 충분히 합리적이라고 할 만했다.

"이 정도면 나쁘지 않겠는데?"

성욱이 고개를 끄덕였다.

"하나 만들어줄 수 있어?"

"이건 형도 손쉽게 만들 수 있을 거예요. 그냥 적당히 굽기만 한 다음 밥 위에 올리기만 하면 되니까요."

"그래?"

"그럼 하나 만들어 볼게요."

그리고 한수는 본격적으로 요리를 시작했다.

요리 방법은 간단했다.

잘 달궈진 프라이팬에 큐브 형태의 스테이크를 구워내면 그만이었다.

그런 다음 일회용 용기에 고슬고슬 지은 밥을 눌러주고 나서 그 위에 스테이크를 담았다.

"뭐야? 이게 끝이야?"

"아뇨, 여기에 하나가 더 남았죠."

그리고 한수는 가방에서 검붉은 액체가 들은 용기를 꺼냈다.

"그동안 이걸 개발하느라 고생 좀 했어요."

"그게 뭔데?"

"비법 소스죠."

한수가 입가에 미소를 그렸다.

이건 그가 이번에 새로 개발한 레시피인 컵스테이크가 필수적으로 들어갈 비법 소스였다.

"레시피는?"

"공짜는 안 되죠."

한수가 오른손 검지를 좌우로 까닥였다.

"독한 녀석."

"당연한 거죠."

"알았어. 일단 한번 먹어보자. 맛을 봐야 어떤지 알지."

"예, 물론이죠. 시식은 형이 첫 번째로 해야죠."

한수는 잘 구워진 스테이크 위에 비장의 소스를 양껏 뿌려댔다.

검붉은 빛을 내는 소스가 스테이크를 가득 덮었고 그걸로도 모자라 밥 사이사이로 스며들었다.

"장담하는데 이건 밥에 비벼 먹어도 맛있어요. 하하."

"일단 줘봐. 먹어보고 평가하게."

"여기요."

한수는 그대로 컵스테이크를 성욱에게 내밀었다.

킁킁-

냄새부터 맡던 성욱이 눈매를 좁혔다. 딱 봐도 맛있는 냄새가 솔솔 풍기고 있다.

그는 이해할 수 없다는 얼굴로 한수를 쳐다봤다.

분명 몇 달 전까지만 해도 요리는커녕 형설관 입실 고사 때문에 노심초사하던 녀석이다. 그런데 그 몇 달 사이에 녀석이 백팔십도 바뀌었다.

도대체 무슨 일이 일어난 건지 이해할 수 없었다.

그것도 잠시, 성욱은 일회용 숟가락으로 컵스테이크와 밥을 함께 퍼 올렸다. 그런 다음 망설임 없이 그것을 한 번에 털어 넣었다.

꿀꺽-

그리고 천천히 한수가 만든 컵스테이크를 음미하며 먹기 시작했다.

얼마 지나지 않아 순식간에 컵스테이크를 깔끔하게 비운 성욱은 어처구니없다는 얼굴로 한수를 쳐다봤다.

"……미친놈."

결국, 성욱은 그 말밖에 할 수 없었다.

한수가 씨익 웃어 보였다.

"어때요?"

"이건 그냥 대박이다, 대박."

성욱은 엄지손가락을 번쩍 치켜들었다.

그냥 완전 대박이었다.

한수가 어깨를 으쓱했다.

퀴진 TV를 통해 요리를 공부한 것뿐만 아니라 틈이 나면 노량진 컵밥 거리를 가서 여러 가지 음식을 맛보곤 했다.

그렇게 해서 꾸준히 레시피를 개량했고 특히 소스 만드는 걸 가장 공들였다.

성욱은 곧장 메뉴판을 수정했다. 그리고 컵스테이크 메뉴를 새로 PC방에 등록시켰다.

게임 중이던 손님들이 하나둘 호기심을 드러냈다.

미라클 PC방이 PC토랑이라고 해서 PC방과 레스토랑을 합쳤다고 했을 때는 그러려니 했다.

가끔 볶음밥 같은 걸 사 먹는 손님이 있었지만, 스테이크를 시키는 손님은 드물었다.

워낙 가격이 비싸서였다.

그러나 컵스테이크 가격은 그렇게 비싼 편이 아니었다.

얼마 지나지 않아 한두 손님이 컵스테이크를 주문했다.

한수는 곧장 요리에 들어갔다.

얼마 지나지 않아 컵스테이크가 만들어졌고 손님들 앞에 놓였다. 그들은 일회용 숟가락으로 천천히 컵스테이크를 먹기 시작했다.

한수는 긴장의 끈을 조였다.

성욱이 호평을 보였지만 손님들마저 아직 호평을 보인 건
아니었다.

그렇지만 자신감은 있었다. 이건 반드시 성공하리라는 확
신이 있었다.

한창 게임 중이던 호준은 새로 생긴 메뉴를 시켰다.

가격은 4천 원. 요즘 물가가 오른 걸 생각하면 한 끼 식사
로 4천 원은 나름대로 적당한 가격이었다. 식당을 가면 못해
도 5천 원 내지는 6천 원은 줘야 했다.

잠시 뒤, 주문했던 컵스테이크가 나왔다.

일단 비주얼은 합격점을 줄 만했다.

일회용 용기에는 갓 지은 밥과 스테이크가 층을 이루어 쌓
여 있었다. 그리고 그 위에는 정체불명의 소스가 가득 뿌려져
있었다.

그는 젓가락을 들어 우선 스테이크부터 집어 들었다.

듬뿍 소스가 묻힌 스테이크를 우선 한입 먹었다.

감칠맛 나는 소스와 잘 구운 스테이크가 입속으로 빨려 들
어왔고 그는 눈 깜짝할 사이에 한 조각을 씹어 삼켰다.

그러고는 진공청소기처럼 컵스테이크를 인정사정없이 비

웠다.

"와, 진짜 맛 죽이네?"

호준은 자신도 모르게 눈을 휘둥그레 떴다. 생각 이상이
었다.

노량진 컵밥 거리에서도 비슷한 요리를 먹어본 적은 있었
다. 그러나 거기서 먹은 스테이크는 질기고 소스 맛도 시원찮
았다.

하지만 이곳 컵스테이크는 뭔가 달랐다.

일단 스테이크는 부드럽게 입안에서 잘게 조각이 났고 전
혀 질기지도 않았다.

맛을 가른 결정적인 차이는 바로 이 소스에 있었다.

어떻게 만든 건지 알아내고 싶을 정도로 맛있었다.

"야, 너도 한번 시켜봐."

호준은 함께 PC방에 온 친구를 설득하고 나섰다.

친구가 눈살을 찌푸렸다.

"아, 왜? 컵라면 먹을 거라니까?"

"진짜 먹어봐. 존나 맛있다니까?"

"스테이크가 거기서 거기지. 어제도 삼겹살 구워 먹었다
니까?"

"야, 일단 이거 하나 먹어봐. 너 만약 맛있으면 내 것도 하
나 쏘는 거다. 콜?"

"개소리하네. 어차피 냉동으로 된 거 대충 구웠을 텐데……."

마지못해 그는 호준이가 남겨놓은 스테이크 한 조각을 집어 들었다.

오물오물—

스테이크를 씹던 사내가 눈을 크게 떴다.

"어? 이거 뭐야?"

"어때? 맛있지?"

"이거 소스가……."

그는 채 말을 끝내기도 전에 다시 스테이크를 한 조각 집어 들었다.

"야! 그만 처먹어."

"와, 미쳤네. 이거 왜 이렇게 맛있지?"

"아이씨, 그만 먹어라."

"알았어. 하나 더 시켜줄게. 근데 이거 장난 아니네?"

"오케이. 하나 더 시킨다?"

그리고 주문이 폭주하기 시작했다.

한수는 주먹을 세게 말아쥐었다.

컵스테이크. 현재까지의 반응은 예상한 그대로였다.

주방이 문을 닫는 시간, 오늘 하루 기록한 매상은 역대 최고였다.

특히 컵스테이크의 매출이 호조를 보였다.

너도나도 하나씩 컵스테이크를 먹으며 게임을 하는 모습을 보고 있자니 한수는 자신의 선택이 옳았다는 걸 다시 한번 확신할 수 있었다.

"오늘도 고생 많았다."

"형이야말로 고생 많았죠. 매상 잘 나오니까 어때요?"

"인마, 말을 마라. 당연히 좋지. 그럼 안 좋겠냐?"

한수도 그런 성욱을 보며 환하게 웃어 보였다.

"아, 그리고 이거."

성욱이 서랍에서 봉투 하나를 꺼내 한수에게 건넸다.

"이건 뭐예요?"

"뭐긴, 오늘 네 일당이지."

"아하, 고마워요."

"고맙긴. 근데 앞으로 어떻게 할 거냐?"

"예? 뭐가요?"

"너 곧 복학도 할 건데 계속 아르바이트할 수는 없잖아. 네가 어떻게 할 건지 알아야 나도 맞춰 움직이지."

"예? 복학요? 제가 왜 복학을 해요? 저번에 말했잖아요. 수능 다시 봤다고요."

"어? 너 그거 진담이었어?"

"예, 그래서 저 다음 주는 못 나와요. 수학능력시험 성적표 나오거든요."

"……야, 그럼 너 만점 받았다는 것도 사실이야?"

"네, 진짜예요."

"미친. 그럼 한국대학교 간다고 했던 것도 사실이었어?"

"당연하죠. 제가 왜 거짓말을 해요."

성욱은 그 말에 넋이 나간 듯 고개를 절레절레 저었다.

"마, 말도 안 돼. 네, 네가 수능 만점이라고? 진짜? 와, 어떻게……."

성욱은 도저히 이해할 수가 없었다.

요리를 전혀 모르던 녀석이 석 달 만에 나타나서 웬만한 쉐프 뺨칠 만큼 요리를 잘하더니 이제는 수학능력시험에서 만점을 받았다고 한다.

그런데 올해 수능은 역대 최악의 불수능이 아니었던가?

어처구니없는 얼굴로 한수를 보던 성욱이 고개를 저었다.

"아, 몰라. 난 도저히 모르겠다. 네가 한수든 아니든 뭔 상관이냐. 여하튼 앞으로 아르바이트 어떻게 할 건지 결정해서 이야기해 줘. 정 안 되면 그 소스라도 알려주고. 레시피는 내가 돈을 주고 사던가 할 테니까."

"생각해 볼게요."

한수는 PC방을 나왔다.

그런 뒤 곧장 백화점으로 향했다.

자신이 처음 자신의 힘으로 번 돈이다. 그런 돈인 만큼 부모님께 선물을 해드리고 싶었다.

두 분이 그동안 자신 때문에 마음고생 했던 걸 생각하면 더욱더 그러고 싶었다.

'첫 월급으로 뭘 선물해 드릴까.'

곰곰이 고민하던 한수가 제일 먼저 향한 곳은 화장품 코너였다.

예전에는 빨간 내복을 선물했다고 하지만 한수는 더욱더 실용적인 걸 선물하고 싶었다.

꼼꼼히 직원의 안내를 받아가며 한수는 주름 개선 화장품 세트를 하나 골랐다.

그런 뒤 아버지 선물로 고른 건 안마기였다. 일 때문에 항상 허리를 구부리고 고개도 숙여야 하기 때문에 현대인은 디스크 문제를 필수적으로 갖고 있었고 아버지도 마찬가지였다.

특히 몇 년 전에는 그것 때문에 허리 디스크 수술을 받은 적도 있었다.

그렇게 두 가지 선물을 고르자 성욱이 준 봉투는 흔적도 없이 사라졌고 군대에서 틈틈이 모아뒀던 돈도 꺼내 써야 했다.

그래도 자신이 직접 부모님에게 아르바이트해서 번 돈으로 처음 사드리게 된 선물이었다.

그걸로도 충분했다.

그렇게 선물을 바리바리 싸 들고 집으로 돌아온 뒤 한수는 부모님에게 선물을 하나씩 내밀었다.

처음에는 무척 낯설어하던 부모님도 한수가 억지로 떠밀자 금세 표정이 환해졌다.

항상 말썽만 부리고 사고만 치던 아들이 효도한다는 것이 내심 기쁜 모양이었다.

화장품 세트를 꺼내 하나하나 어떤 용도로 어떻게 써야 하냐고 묻는 엄마에게 한수는 컴퓨터 사인펜으로 꼼꼼히 사용 설명서를 적어주었다.

근래 들어 부쩍 눈이 침침해진 엄마여서 작은 글씨는 읽질 못하고 있었다.

그런 뒤 방에 들어온 한수는 퀴진 TV를 마저 보기 시작했다.

평소였으면 1% 내지는 2% 올랐을 경험치가 오늘은 4%에서 5%씩 차곡차곡 쌓이고 있었다.

이 정도면 내년이 되기 전 100%를 채우는 것도 어렵지 않을 것 같았다.

게다가 PC방 매출이 수직 상승하면서 등급 심사 조건은 진즉에 해결해 놓은 상태였다.

그렇다는 건 100%만 채운다면 그다음 채널을 얻을 수 있게 된다는 의미였다.

K-POP을 더욱더 폭넓게 알 수 있는 27번 K-POP TV와

해외 축구를 중계하는 스포츠 채널 58번. 둘 중 어떤 걸 고르느냐는 앞으로 한수가 고민해야 할 문제였다.

가만히 고민하던 한수는 낡은 브라운관 TV를 빤히 쳐다보며 생각에 잠겼다.

왜 굳이 녀석은 채널을 하나만 얻을 수 있게 제약을 걸어둔 걸까? 피로도는 어째서 만들어 둔 걸까?

처음부터 한꺼번에 다양한 채널을 얻으면 안 되는 거였을까?

온갖 의문점이 쏟아졌다.

그동안은 이 브라운관 TV가 주는 능력에 취해 있었지만, 하나둘 능력을 얻기 시작하자 욕심이 생겼고 그 욕심 때문에 더욱더 많은 걸 바라게 되었다.

이 브라운관 TV의 능력만 있다면 세상을 바꾸는 것도 어렵지 않은 일이었다.

한두 가지 분야만 잘하는 게 아니라 그야말로 모든 분야에 두루두루 재능을 갖춘 사람이다.

한수는 한국대학교에 입학한 이후 이 능력을 기반으로 무엇을 할지 고민 중이었다.

영화나 드라마, 노래, 예능을 기반으로 해서 만능 엔터테이너가 되는 것도 나쁘지 않았다.

그럴 경우 한국대학교는 그에게 특별한 프리미엄이 되어줄

게 분명했다.

실제로 한국대학교를 졸업한 몇몇 연예인 같은 경우 그것을 대단한 프리미엄으로 가지고 있는 게 사실이었다.

'연예인이라…….'

과거에는 생각해 본 적 없던 직업이다.

고등학생 시절 한두 차례 길거리 캐스팅을 받아본 적은 있지만, 연예인이 될 생각은 전혀 없었다.

노래는 그럭저럭 부르는 수준에 연기도 평이했다.

예능? 남을 웃기기는커녕 항상 얼음 풀풀 휘날리게 할 만큼 진지하기만 했다.

즉, 자신은 끼가 아예 없었다.

그러나 텔레비전이 주는 이 능력만 있다면?

노래면 노래, 연기면 연기, 예능이면 예능, 요리면 요리.

뭐 하나 가릴 것 없이 전부 다 잘할 수 있다.

27번 K-POP TV를 얻는다면 자신 없는 노래도 몇 달 안이면 완벽하게 불러낼 수 있을 게 분명하다.

한수는 곰곰이 생각을 거듭했다.

한국대학교 경영학과 재학생이라는 프리미엄을 가진 연예인.

그러고 보니 요즘 대세가 뇌섹남에 요섹남이랬던가?

머릿속으로 새로운 그림이 그려지기 시작했다.

일단 그것과 별개로 이 브라운관 TV에 대해 더 속속들이 알 필요가 있었다.

한수는 브라운관 TV를 앞에 둔 채 눈을 감았다.

그리고 마음속에서 그동안 궁금했던 질문을 던졌다.

"피로도는 왜 존재하는 거지?"

[일정 시간 이상 이 능력을 사용할 경우 뇌가 과부하 될 수 있습니다. 그럴 경우 사용자의 건강에 심대한 위험을 초래하게 됩니다.]

"몸에 안 좋다니까 할 말이 없네. 그럼 왜 처음부터 다양한 채널을 얻을 수 없는 건데?"

[그것 역시 사용자의 뇌를 보호하기 위해서입니다.]

한수는 눈매를 좁혔다. 미간을 구긴 채 입을 열었다.

"내가 확보할 수 있는 채널의 개수는 모두 몇 개지?"

[무궁무진합니다.]

"그만큼 얻을 수 있는 능력도 무한하다는 거군."

한수는 혼잣말로 중얼거렸다.

'내가 그 능력을 모두 감당해 낼 수 있을까?'

일단 그건 차차 알아볼 문제다.

"너는 누구지?"

존재에 대한 질문.

알림이 떠올랐다.

[등급이 부족하여 열람이 불가능합니다.]

"너는 왜 만들어졌지?"

[이 시스템은 사용자가 적성에 맞는 직업을 고를 수 있게 해줍니다. 그러기 위해서 다양한 채널을 통해 여러 가지 직업을 유사 경험하게 한 뒤 적성에 맞는 직업을 선택할 수 있도록 합니다.]

결국 이 브라운관 TV는 그 사용자가 적성에 맞는 직업을 고를 수 있게 도와주는 A.I인 셈이었다.

문제는 현대 과학의 기술력으로는 이런 시스템을 구현하는 게 불가능하다는 데 있었다.

또 하나, 이 A.I는 자신에게 유사 경험을 시켜준다고 이야기했지만, 현재 한수는 자신이 확보한 채널을 통해 다양한 능력을 자신의 것으로 만들고 있었다.

이건 유사 경험 수준을 넘어서는 것이었다.

그렇다고 해도 그건 크게 중요하지 않은 문제였다.

이것이 자신에게 해를 끼치지 않는 이상 이 물건이 지닌 힘은 여러모로 유용하게 도움이 되어줄 게 분명했기 때문이다.

놈의 정체를 파악하는 데 성공했지만 그렇다고 해서 의문이 풀린 건 아니었다.

여전히 놈은 숨기고 있는 게 많았고 그걸 알아내려면 더욱더 많은 채널을 확보할 필요가 있었다.

그렇지만 그건 지금 당장 해결할 수 있는 일이 아니었다.

그러는 사이 시간이 훌쩍 지났다.

12월 7일, 그날이 되었다.

이날은 수학능력시험 성적표 교부일이었다.

한수는 아침 일찍 긴장된 마음을 감춘 채 학교로 향했다.

학교로 향하는 학생 수는 제법 많았다. 다들 올해 수학능력시험 성적표를 교부받기 위해 바쁘게 발걸음을 놀리고 있었다.

어젯밤 내린 눈 때문에 새하얗게 변해 버린 세상을 둘러보며 한수는 천천히 발걸음을 떼었다.

연예인, 개중에서도 만능 엔터테이너.

이른바 연기, 노래, 예능 등 뭐 하나 가릴 것 없이 다재다능

한 연예인을 일컫는 말이다.

한수는 텔레비전에 나와 대중들 앞에 서서 연기를 하고 노래를 부르는 자신의 모습을 머릿속으로 그려봤다.

아직은 실감이 나질 않았다. 실제로 텔레비전을 통해 능력을 얻기 전까지는 단 한 번도 생각해 본 적이 없었던 일이었다.

일단 한수는 생각을 털어버린 채 고등학교 교문 안으로 들어왔다. 이미 수학능력시험 성적표를 받고 집으로 돌아가는 학생도 몇몇 눈에 들어왔다.

대부분 표정이 밝지 않고 어두웠다. 자신이 원하는 성적이 나오지 않아서일까? 그런데 학교에는 학생뿐만 아니라 낯선 사람도 여럿 모여 있었다.

그들은 학교 안에는 들어가지 못한 채 바깥에서 발을 동동 구르고 있었다.

그때 낯선 사람 중 한 명이 한수를 붙잡았다.

"학생, 뭐 좀 하나 물어봐도 될까요?"

"예? 뭔데요?"

"이 학교 졸업생 중에서 강한수라고 있다는데 혹시 누군지 알아요?"

"네? 강한수요? 어…… 저는 잘 모르겠는데요. 죄송합니다."

한수가 부리나케 그들에게서 멀어졌다. 아마도 이들은 기자일 가능성이 농후했다.

어느 정도 예상하곤 있었지만 그렇다고 해서 교문 앞에서 저 많은 사람에게 둘러싸인 채 인터뷰하고 싶은 생각은 없었다.

그들을 지나친 뒤 한수는 3학년 교무실 안으로 들어갔다.

그러자 교무실 안에 있던 선생님들이 한수를 바라봤다.

그들의 표정은 대부분 비슷했다. 믿을 수 없다는 얼굴들이었다.

그럴 수밖에 없었다.

분명 고등학생일 때만 해도 인서울 최하위권에 턱걸이할 점수가 나왔는데 군대 갔다 오더니 역대 최악의 불수능에서 만점을 받는 데 성공했다.

그것도 전국에 단 한 명 있다는 만점자다.

"아하하, 안녕하세요."

자신을 뚫어지게 바라보는 사람들을 보며 한수가 어색하게 인사를 건넸다.

"어, 어어, 그래. 한수야. 어서 와라."

고등학교 3학년 때 담임 선생님이 뒤늦게 한수를 반겼다.

한수가 빈자리에 앉은 채 기다리고 있을 때 선생님 한 명이 슬그머니 와서 물었다.

"이번에 만점 받았다며? 축하한다. 윤 선생이 널 엄청 기다렸어."

"예? 선생님이요?"

"그래. 자기 제자 중에서 수능 만점자가 나왔는데 그럴 만하지. 현역이 아닌 게 조금 아쉽긴 해도 그게 어디야. 너 한국대학교 갈 거지?"

"아, 예. 그러려고요."

"그래, 고생 많았다."

그밖에도 몇몇 선생님이 한수 어깨를 두드리며 덕담을 건넸다.

그러는 사이 담임 선생님이 성적표를 한수에게 건넸다.

전과목 1등급.

백분위도 모두 다 100이었다.

역대 최악이라고 평가받는 불수능에서도 당당히 만점을 받은 한수의 성적표였다.

"축하한다. 이 녀석아. 그때 넉 달 남짓 공부하고 수능 본다길래 걱정이 많았는데 군대에서도 틈틈이 공부했던 모양이구나. 그렇지?"

"예? 아, 그게…… 군대에서 공부는 딱히 안 하긴 했는데 그래도 열심히 하긴 했죠."

"그래? 그럼 그렇지. 어쨌든 축하한다. 아, 그리고 한수야. 교장 선생님께서 한번 보자고 하시더구나."

"예?"

한수가 두 눈을 휘둥그레 떴다.

고등학교를 3년 다니면서 교장 선생님 얼굴은 본 적은 기껏해야 훈화 시간 정도였다.

그때를 제외하고 이렇게 가까이 얼굴을 마주한 적은 없었다.

그러나 지금 한수는 교장실에서 교장 선생님과 담임 선생님 이렇게 셋이서 이야기를 나누고 있었다.

"우리 학교의 자랑! 강한수 군, 정말 고생 많았네. 하하, 이렇게 어려웠던 불수능에서 만점이라니. 그것도 전국에서 단 한 명 있다는 만점자가 우리 학교를 졸업한 학생일 줄이야. 하하, 진짜 고맙구먼."

"예? 아, 감사합니다. 교장 선생님."

"한수 군, 혹시 오늘 바쁜가?"

"예? 바쁜 건 아니고 곧장 집에 가서 어머니한테 성적표를 보여드릴 생각입니다."

"오, 그럼 잘됐군. 윤 선생, 준비는 해뒀겠지?"

"예, 물론입니다, 교장 선생님."

"네? 갑자기 무슨……."

한수가 당혹스러운 얼굴로 그들을 쳐다봤다.

그 말에 교장 선생님이 환하게 웃어 보이며 말했다.

"이왕 이렇게 된 거 후배들한테 좋은 이야기 좀 해주게나. 수능 만점을 받은 선배로서 그 정도는 해줄 수 있겠지?"

"네? 제가요?"

"그럼 자네가 해야지. 누가 하겠나? 자네는 단 한 명뿐인 수능 만점자가 아닌가. 이참에 후배들한테 어떻게 만점을 받을 수 있었는지 좋은 이야기 좀 해주게. 다들 자네를 기다리고 있어."

"알겠습니다. 그렇게 하죠."

한수가 고개를 끄덕였다.

사실 그로서는 매일 8시간씩 EBS PLUS 1 채널을 보고 남는 시간에는 틈틈이 모자란 공부를 한 것뿐이었다.

그것만 해도 머릿속에 EBS PLUS 1 채널에서 공부한 내용이 인쇄되듯 딱딱 입력되었으니까 별문제 없었지만 그걸 곧이곧대로 이야기할 수는 없는 노릇이었다.

결국, 한수는 그동안 숱하게 본 그대로 정석적으로 카메라를 보며 이야기할 수밖에 없었다.

"……그러니까 결론은 평소 EBS PLUS 1 채널에서 나오는 강의를 귀담아들으면서 학교 공부에 충실하면 굳이 과외를 받거나 학원에 다니지 않아도 나처럼 좋은 성적을 받을 수 있을 거야. 물론 엉덩이 제대로 붙이고 공부하는 게 가장 중요하긴 하지만. 그럼 다들 힘내고 2학년 후배들은 내년 수능 잘 보길 바란다."

한수는 어색하게 웃어 보이며 손을 흔들었고 그런 뒤에야 카메라가 꺼졌다.

담임 선생님이 그런 한수를 보며 엄지손가락을 번쩍 치켜

들었다.

그런 뒤 집으로 돌아가려 할 때였다.

이미 눈치챈 기자들이 교문 앞을 철두철미하게 지키고 서 있었다.

한수는 교문 앞에 쫙 깔린 기자들을 보며 한숨을 길게 내쉬었다. 당장 저들을 어떻게 뚫고 지나가야 할지 갑갑했다.

그렇다고 인터뷰를 하게 되면 거의 반나절은 잡아먹을 게 뻔했다.

그때였다. 휴대폰이 울려댔다. 한수가 전화를 받았다. 발신자는 엄마였다.

"엄마, 무슨 일 있어요?"

─아이고, 너 지금 어디야? 아파트 안까지 기자들이 찾아와서 난리도 아니야. 너하고 인터뷰 한 번만 하게 해달라고 하는데 어쩌면 좋니?

"……집에도 기자들이 깔렸어요?"

─그렇대도. 나도 오늘 아르바이트 가야 하는데 그러지도 못하고 집에 갇힌 신세야.

"설마 아버지 회사까지 찾아간 건 아니겠죠?"

─그러기야 하겠니? 그건 그렇고, 어떻게 하려고?

"……일단 생각 좀 해보고요."

한수가 눈살을 찌푸렸다.

역대급으로 어려웠던 불수능이다.

그런 불수능에서 만점자는 자신 한 명뿐이다.

그런 만큼 기자들이 인터뷰에 욕심내는 건 당연하다.

항상 이때쯤 되면 수학능력시험에 전 국민의 관심이 쏠리고 수험생을 둔 어머니들이 성적에 촉각을 곤두세우기 때문이다.

"엄마, 제가 해결할 테니까 너무 걱정하지 마세요. 곧 해결될 거예요."

한수는 전화를 끊고 교문으로 성큼 발걸음을 내디뎠다.

애초에 이 정도 일은 일어날 것을 가정하고 저지른 일이다.

까짓것 인터뷰 한 번 하는 건 어려운 일이 아니었다.

그때였다.

교문으로 향하려던 그 순간 전화가 울렸다.

발신자를 확인했다.

그리고 한수가 발걸음을 멈칫했다.

전화를 건 상대방은 바로 태왕학원이었다.

망설이던 한수가 전화를 받았다.

"여보세요?"

ㅡ강한수 씨 맞으시죠? 저는 태왕학원의 상담실장 김승주라고 합니다.

"아, 예, 그런데 무슨 일이시죠?"

—한수 씨도 어느 정도 짐작은 하고 계실 텐데요. 올해 수학능력시험 만점자가 강한수 씨 한 명뿐이라고 하더군요. 그래서 연락드렸습니다.

"김승주 실장님이라고 하셨나요? 조금 더 자세하게 말씀해 주시죠."

—좋습니다. 단도직입적으로 말씀드리죠. 아마 지금쯤 성적표 받으셨을 거 같은데요. 교문 앞에 기자들 많이 깔려 있죠? 기자들한테 태왕학원에서 한국대학교 입학반 강의를 수강했다고만 이야기해 주십시오.

"제가 왜 그래야 하죠?"

한수가 미간을 좁혔다.

그러자 건너편에서 부드러운 목소리가 재차 들려왔다.

—그 대신 약소하게나마 사례를 하겠습니다. 이름 한번 빌려주는 대가로 얻기엔 꽤 큰돈이죠. 어떠십니까?

"저는 태왕학원에서 단 한 차례도 수강한 적이 없는데요?"

—그건 저희가 알아서 할 문제입니다. 걱정하지 않고 저희를 믿고 맡기셔도…….

"거절하겠습니다."

—강한수 씨, 이런 기회는 흔하게 오는 게 아닙니다. 올해워낙 불수능이어서 수학능력시험 만점자가 강한수 씨 한 명이기 때문에 드리는 제안입니다. 신중하게 생각하고 결정하

시는 게…….

"아뇨, 분명히 저는 싫다고 말씀드렸습니다. 그럼 전화 끊겠습니다."

한수는 단호한 어투로 말을 끝낸 뒤 곧바로 전화를 끊었다.

태왕학원에서 얼마를 줄지 모르지만, 매력적인 제안은 맞다. 이름 한번 파는 대신 적잖은 돈을 얻을 수 있으니까.

그러나 그렇게 해서는 잃는 게 더 많았다.

그깟 푼돈 따위에 목을 맬 필요는 없었다. 자신에게 주어진 이 능력으로 훨씬 더 많은 돈을 벌 수 있는데 발목 잡힐 일 따위는 하고 싶지 않았다.

한수는 곧장 교문으로 향했다.

태왕학원이 자신에게 한 제안을 기자들에게 폭로할까도 생각했지만, 미처 녹음을 해두지 못한 탓에 그건 불가능했다.

그러나 나중에 또 더러운 수작질을 한다면 그때는 가만두지 않을 생각이었다.

그러는 사이 한수를 알아본 기자들이 다급히 한수에게 몰려들었다.

그들은 마이크를 들이대며 카메라로 사진을 찍어댔다.

한수는 그런 기자들을 보며 자신도 모르게 몸을 움츠렸다.

예상했던 일이긴 하지만 수십 명이 넘는 기자가 카메라를 가지고 들이대자 순간적으로 당황하고 말았다.

그럴 수밖에 없는 게 몇 년 전, 아니, 몇 달 전까지만 해도 전혀 생각지 못했던 일이었다.

자신이 수학능력시험에서 만점을 받고 이렇게 기자들에게 둘러싸여 인터뷰하는 날이 오게 될 줄은 꿈에서도 생각하지 못했다.

달려드는 기자들을 보며 한수가 말했다.

"저 죄송한데 인터뷰는 간단하게라도 해드릴 테니까 조금 진정해 주셨으면……."

한수가 차분하게 그들을 진정시키려 했지만, 소용없었다.

오히려 그들은 하이에나처럼 더 날카롭게 달려들려 하고 있었다.

"강한수 학생! 그러지 말고 한마디만 부탁드립니다. 만점을 받은 비법이 뭡니까?"

"학원 같은 거 안 다녔어요? 과외는요?"

"내년 수능을 볼 후배들한테 조언 한마디 해주시죠."

"한국대학교에 진학할 예정이신가요? 학과는 어딜 생각 중이시죠?"

"저기요, 잠시만요."

하지만 한수가 말하는 목소리는 계속해서 파묻히고 있었고 기자들은 어떻게든 기사 한 줄이라도 작성하기 위해 끈질기게 따라붙고 있었다.

그때 학교에서 선생님들이 우르르 몰려나왔다. 그리고 선생님들이 기자를 막아섰다.

"여기서 이러시면 안 되죠. 정식으로 인터뷰를 요청하세요."

"학교 안에서 이러면 경찰 부르는 수가 있습니다. 지금 우리 학교 졸업생 협박하는 겁니까?"

"아니, 아직 애한테 이게 무슨 짓입니까!"

한수는 그제야 한숨을 돌릴 수 있었다.

그러는 사이 담임 선생님이 한수에게 다가왔다.

"한수야."

"아, 선생님."

"조만간 학교에서 너한테 장학금이 전달될 거다. 성적우수 장학금인데 부담 없이 받아도 될 거야. 그리고 인터뷰는 어떻게 할 생각이냐? 하고 싶니?"

한수가 고개를 끄덕였다.

이렇게 시장통이 아니라 제대로 된 인터뷰라면 충분히 응할 생각이 있었다.

"좋아. 그러면 소강당에 가 있어라. 선생님이 적당히 여기 기자 양반들하고 합의를 보마."

"감사합니다, 선생님."

한편, 한수가 기자들에게 시달리는 사이 한수 본가는 어느 정도 조용해진 뒤였다.

한수가 학교에 간 걸 알게 된 기자들이 우르르 한수 모교로 몰려가서였다.

몇몇은 본가에 남아 한수 엄마와 인터뷰를 하고 싶어 하지만 아파트 단지인 탓에 쫓겨나다시피 물러날 수밖에 없었다.

그제야 한수 엄마는 부랴부랴 백반집에 출근할 수 있었다.

백반집 사장이 이십여 분 정도 늦은 한수 엄마를 보며 눈치를 줬다.

"아니, 아줌마. 이렇게 늦게 오시면 어떻게 해요? 손님들 벌써 와 있는 거 안 보여요?"

"죄송해요. 집에 사람이 갑자기 몰려서……."

"그건 아줌마 개인 사정이죠. 빨리 주문받고 반찬 내와요."

"네네."

한수 엄마는 곧장 주문을 받고 나선 밑반찬을 하나둘 꺼내 놓았다.

그러는 사이 한수 엄마를 퉁명스럽게 쳐다보던 백반집 사장이 리모컨으로 텔레비전을 켰다.

때마침 텔레비전에서는 뉴스가 나오고 있었다.

〈다음 소식입니다. 올해 수학능력시험은 유독 어려웠는데요. 역대 최악의 불수능이라고 해도 과언이 아니었죠. 그런데 이번 수학능력시험에서 만점자가 딱 한 명 나와서 화제인데

요. 오늘 성적표를 배부받고 후배들을 위해 공부 방법을 이야기했다는데요. 한번 확인해 보시죠.〉

카운터에 기대어 앉아 텔레비전을 보던 백반집 사장이 혼잣말로 중얼거렸다.

"저 집 엄마는 참 좋겠네. 무슨 복이 있어서 자식이 만점을 받았대?"

그러는 사이 화면이 바뀌었다. 그리고 고등학교 전체 실루엣이 화면에 잡혔다.

가만히 고등학교를 쳐다보던 백반집 사장이 눈을 휘둥그레 떴다.

"어머, 저 고등학교 창문고 맞지? 여기 언덕 올라가면 있는 곳. 창문고에서 만점자가 나온 거네. 아, 맞네. 아줌마! 한수가 창문고 졸업했다고 하지 않았어요?"

그제야 밑반찬을 다 옮긴 한수 엄마가 허리를 두드리며 대답했다.

"네, 우리 아들이 창문고 졸업했다고 했죠."

"누군진 모르겠지만 창문고에서 만점자가 나왔다고……."

그때 화면이 재차 바뀌었다. 그리고 소강당에서 기자들과 인터뷰 중인 사람이 카메라에 잡혔다.

〈올해 한 명뿐인 수학능력시험 만점자는 창문고등학교를 졸업한 강한수 씨인데요. 평소 EBS PLUS 1 채널을 꾸준히 시청하는 한편, 교과서 위주로 공부했다고 밝혀서 더욱더 화제가 되고 있습니다. 게다가 취재해 본 결과 과외를 한 적도 없고 재수 종합 학원도 다니지 않은 걸로 밝혀져서 여러모로 놀라움만 가득한데요. 한번 강한수 씨가 하는 이야기를 들어 보겠습니다.〉

카메라가 한수의 얼굴을 줌인해서 잡았다.

그 모습을 빤히 보던 백반집 사장은 아무 말도 하지 못한 채 입을 쩍 벌렸다.

한수 엄마는 텔레비전에서 나오는 아들을 보다가 자신도 모르게 눈시울을 붉혔다.

아들이 고등학교에 입학한 이후 삐뚤어졌을 때 그게 자신이 너무 간섭하고 부담을 줘서 그런 게 아닌가 하는 생각이 들었다.

그때 얼마나 후회했는지 모른다. 자신은 아들을 사랑해서, 그리고 후회하지 않게 만들어주려고 베푼 거였지만 아들은 그걸 구속으로 여겼고 부담스럽게 생각했다.

그래서 처음 재수를 한다고 했을 때도 걱정이 여러모로 많았다. 그냥 올해 수능은 어떤 유형으로 나올지 파악만 해두고 내년 수능에 올인하는 게 더 맞지 않나 생각했다. 그것 때문에 학원도 알아보러 다닌 것이었다.

그런데도 백 일 남짓 공부한 아들이 올해 수능에서 만점을 받는 쾌거를 달성했다. 그리고 지금은 저렇게 텔레비전에 나와 인터뷰까지 하고 있었다.

한수 엄마는 그동안 쌓였던 앙금들이 모두 말끔히 씻겨 나가는 기분이 들었다.

그때 멍하니 텔레비전을 보던 백반집 사장이 한수 엄마를 돌아보며 조심스럽게 물었다.

"아줌마 아들 이름이 뭐랬죠?"

"저기 잘생긴 애가 우리 아들 맞아요. 강한수. 내년에 한국대학교에 입학할 거고요."

한수 엄마가 환하게 웃어 보였다.

식사 중이던 손님들이 그 말을 듣고 한수 어머니를 향해 덕담을 건넸다.

"그게 참말입니까? 아이고, 축하드립니다."

"아주머니 아드님이 참 잘생겼네요. 하하, 축하드립니다!"

"감사합니다, 감사합니다."

한수 어머니는 연거푸 허리를 숙여 그들에게 고마움을 표했다.

그러나 한수를 걸핏하면 씹어대던 백반집 사장은 아무 말도 할 수 없었다.

무슨 말을 하기엔 그녀도 염치가 없음을 스스로 알고 있었다.

어색해하던 백반집 사장이 한수 어머니를 보며 조심스럽게
말했다.

"한수 엄마, 축하해요."

"아, 고맙습니다. 사장님."

"그동안 미안했어요. 제가 한수를 오해했나 봐요."

"오해는요."

"진짜 장한 아들을 뒀네요. 그러고 보니 저번에는 아들이
요리도 해줬다면서요?"

"예, 프랑스 요리였는데 브레제였던가? 브레게였던가? 호
호, 나중에 사장님도 한번 가져다드릴게요. 우리 아들이 만들
어서가 아니라 정말 맛있었거든요."

"고마워요. 그건 그렇고 한수가 공부를 그렇게 잘하는지 전
혀 몰랐네요. 제대하기 전에도 틈틈이 공부했던 거 맞죠?"

"글쎄요."

한수 어머니가 고개를 갸웃거렸다.

사실 그건 그녀도 확인이 되질 않았다. 그래서 그녀도 되게
걱정스럽게 생각했었다.

오죽했으면 남은 백 일이라도 학원에 보내려고 했겠는가.

그러나 지금 와서 생각해 보니 그건 다 쓸데없는 걱정이었

다. 그리고 이렇게 많은 사람한테 축하를 받고 있자니 가슴이 벅차올랐다.

한수가 잘되는 게 곧 그녀의 행복이었다.

한편, 인터뷰를 끝낸 뒤 한수가 향한 곳은 미라클 PC방이었다. PC방에 도착했을 때 한수는 성욱의 격한 환대를 받아야 했다.

"야! 인마! 너 텔레비전에도 나오고. 출세했다?"

"……출세는 뭘요. 진짜 귀찮아 죽는 줄 알았어요."

"귀찮기는 무슨. 얼굴이 막 싱글벙글하던데?"

"하하, 연예인들은 매번 이럴 텐데 어떻게 버티나 모르겠어요."

"왜? 너도 연예인 하려고?"

"뭐, 까짓것 못할 거야 없죠. 키 크고 얼굴 되고 능력 되는데 안 될 게 있겠어요?"

자신감 넘치는 한수 말에 곰곰이 고민하던 성욱이 고개를 끄덕였다.

"뭐, 문제 될 건 없지. 그런데 의외다? 난 네가 쉐프 되려는 줄 알았는데."

"쉐프요? 에이, 형도 참. 쉐프가 얼마나 힘든데요. 종일 주방에서 불과 씨름해야 하는데 그거 막상 경험해 보면 엄청 힘들어요."

"너는 마치 경험해 본 것처럼 이야기한다?"

간접 경험이긴 했지만, 한수는 퀴진 TV를 보며 여러 쉐프의 경험을 공유했었다. 그리고 쉐프라는 직업이 얼마나 힘든 건지 뼈저리게 느낄 수 있었다.

한수가 멋쩍게 웃었다.

"여기서 일해보니까 딱 알겠더라고요. 하하."

"그보다 너 도대체 요리는 언제부터 배운 거야? 한두 해 노력한 솜씨가 아닌 거 같던데."

"글쎄요……."

한수가 말끝을 흐렸다.

항상 이럴 때 대답하기가 난처한 게 사실이었다.

자신은 하루 이틀이면 특별한 능력을 얻을 수 있고 석 달 정도면 그 능력을 완벽하게 자신의 것으로 만들 수 있다.

그러나 남들이 보기에는 그런 자신의 모습이 낯설게 느껴질 수밖에 없는 게 당연했다.

요리라는 것도 그렇고, 공부도 그렇고 하루 이틀 만에 쌓아 올릴 수 있는 분야가 아니기 때문이다.

"그보다 오늘 손님은 어때요? 많아요?"

"평소하고 같지. 개강하기 전에는 여전할걸?"

"그러겠네요. 소스는 어때요? 부족해요?"

"아직은 충분해. 그보다 왜 그렇게 연락이 안 되냐?"

"왜긴요. 사방팔방 곳곳에서 전화 오다 보니까 금방 배터리가 닳더라고요. 그래서 번거롭기도 하고 일부러 꺼뒀어요. 진짜 우리나라 개인정보 보호법은 왜 있는지 몰라요. 제 번호가 무슨 공공재가 되어버린 느낌인 거 있죠?"

"인마, 수능이 워낙 중요하니까 그런 거야. 그것도 이제 며칠 안 가서 시들시들해질걸? 조금만 참아."

"하하, 그랬으면 좋겠네요."

"그럼 당분간 너 PC방에는 못 나오겠네?"

"예, 기자들이 여기까지 따라붙을 게 뻔해서요. 그것도 있고 솔직히 스테이크는 거의 팔리지도 않던데 제가 나올 필요가 있을까 해요."

성욱이 신중한 얼굴로 물었다.

한수가 이야기하는 바는 명백했다.

"음, 스테이크는 아예 메뉴에서 빼버리고 컵스테이크만 팔자는 거야?"

"네, 그게 형한테도 더 편하잖아요. 소스 레시피는 제가 알려드릴게요. 비율만 딱 맞춰서 넣으면 얼추 비슷하게 맛이 나올 거예요."

성욱이 한수를 보며 물었다.

"한수야, 형이 부탁이 있는데 말이야."

"공짜로 달라고요? 절대 안 돼요. 저번에도 안 된다고 했잖아요."

"너는 무슨 애가 단호박이냐? 쳇, 알았다. 씨알도 안 먹힐 녀석. 그래, 얼마나 줄까?"

"지난번 시급 계산할 때처럼 인센티브로 해서 줘요."

"흠, 알았다. 그렇게 하자. 매달 말일에 정산해서 네 계좌로 쏴줄게."

"예, 그럼 저야 고맙죠."

한수가 밝게 웃었다.

"혹시 생각해 보다가 개량할 일 있으면 얼마든지 도와드릴게요. 당연히 A/S는 무료로 해드리고요."

"그 정도는 당연히 해줘야지."

성욱도 환하게 웃어 보였다. 그리고 한수를 보며 물었다.

"그럼 이제부터는 뭐 하고 지내려고?"

"돈 벌어야죠."

"돈? 무슨 돈?"

"한국대학교 입학은 확정이나 다름없고 그렇다면 이곳저곳에서 과외 자리가 들어오지 않겠어요? 과외 하면서 돈 좀 벌어두려고요."

"하긴. 그것도 나쁘지 않네. 그 돈 갖고 뭐 하게?"

"제 미래를 위해 투자해야죠. 그리고 이제 저도 성인인데 부모님 생활비도 드리고요."

"기특하네. 뭐 하고 싶은 건 있는 거고?"

"일단 닥치는 대로 돈 벌고 나서 생각해 보게요."

확실히 뭔가를 한다고 고정 짓고 싶진 않았다. 원하는 직업은 시간이 주어진다면 뭐든지 할 수 있었으니까.

개중에서 자신의 적성에 맞는 직업을 고르면 그만이었다. 굳이 벌써 스스로 한계를 긋고 싶은 생각은 없었다.

"그동안 고생 많았어, 알바생."

"사장님도 정말 감사했습니다. 사장님이 제 의견을 귀담아 들어 주셔서 컵스테이크도 개발할 수 있었어요."

"그래, 그게 다 내 덕분이지. 흐흐."

"대신 소스 대충 만들어서 팔았다가는 나중에 손님으로 와서 클레임 걸 거예요."

"……짜식. 이제 가냐?"

"예, 집에 들어가 봐야죠. 부모님이 제 성적표 보고 싶어서 눈이 빠져라 기다리실 텐데요."

"축하한다. 내 최초의 한국대학교 인맥."

"하하, 한국대학교 인맥 필요한 일 생기면 언제든 연락 줘요. 형설관에 있을 때 형 덕분에 잘 버틸 수 있었어요."

한수는 성욱한테 마음의 빚을 지고 있었다.

형설관에 있을 때 하나부터 열까지 세심하게 챙겨줬던 게 바로 성욱이었다. 그래서 성욱이 PC방을 차렸다고 했을 때 적극적으로 그의 일을 도운 것이기도 했다.

"쓸데없는 소리는. 당연히 내가 해야 할 일이지. 어여 들어가 봐."

퉁명스럽게 내뱉는 성욱을 가만히 보다가 한수는 PC방을 나왔다. 이제 당분간 여기 올 일도 없을 터였다.

한수는 PC방을 빠져나온 뒤 휴대폰을 만지작거리다가 기사를 둘러보기 시작했다.

틈틈이 오는 전화는 죄다 스팸 처리를 해버렸다. 아무래도 이 방법밖엔 없을 듯했다.

인터넷에 접속하자 이미 대형 포털 사이트는 올해 수능과 관련 있는 기사들로 줄줄이 도배되어 있었다.

대체적으로는 역대 최악의 불수능이라는 평가가 가장 많았고 변별력이 높아진 만큼 최상위권의 대학 진학은 한결 쉬워진 반면에 중상위권에서 중하위권은 그 어느 때보다 치열한 눈치 싸움이 필요할 것 같다고 보도하고 있었다.

한수는 기사들을 훑어보며 눈살을 찌푸렸다.

불수능이든 물수능이든 중상위권에서 중하위권, 특히 중하위권은 눈치 싸움을 심하게 볼 수밖에 없었다.

그 때문에 더 피 말리는 건 수험생을 자식으로 둔 부모님이다. 괜히 재수 종합 학원에서 입시 설명회가 열리면 콩나물이 빽빽하게 박힌 것처럼 사람이 빼곡하게 차는 게 아니다.

또, 그건 매년 바뀌는 교육정책의 영향도 크다고 봐야 했다.

그러나 올해만큼은 전혀 걱정할 게 없었다. 자신은 수능 만점자였으니까.

그 와중에 한수는 자신을 중점적으로 다룬 기사도 볼 수 있었다. 역대 최악의 불수능에서 당당히 만점을 기록한 재수생이라며 EBS PLUS 1과 독학으로 만점이라는 쾌거를 올렸다고 도배가 되어 있었다.

댓글도 확인해 봤다. 대부분 이런 불수능에서 만점 받은 게 신기하다는 의견과 함께 재수 종합 학원도 다니고 과외도 받았을 게 뻔한데 EBS PLUS 1 이야기만 하는 게 가식적이라는 이야기도 있었다.

그러나 한수는 대수롭지 않게 보고 넘겼다. 인터넷에 떠돌아다니는 악플을 일일이 신경 쓸 시간은 없었다.

그렇게 집에 들어왔을 때였다.

한수는 누군가하고 열심히 통화 중인 엄마를 볼 수 있었다. 대수롭지 않게 생각하고 방으로 들어가려 할 때였다. 통화를 끝낸 엄마가 한수를 붙잡았다.

"한수야, 우리 이야기 좀 하자."

"네? 무슨 일 있으세요?"

"조금 전 둘째 이모한테 연락이 왔는데 둘째 이모가 말이야. 너 과외 해볼 생각 없냐고 하더라."

"과외요? 무슨 과외요?"

"둘째 이모가 다리 건너 아는 사람이 꽤 잘사는 집인 모양인데 딸아이가 수험생이라 하더라고. 그래서 족집게 과외를 붙였는데 영 시원찮은가 봐. 그런데 네 둘째 이모가 네가 올해 수능 만점 받았다고 이야기를 했다지 뭐니. 그랬더니 그 집에서 널 한번 소개받고 싶은가 봐."

"과외요?"

한수도 고민해 보고 있던 아르바이트 자리이긴 했다.

벌써 과외 자리가 들어왔다는 게 조금 의아하긴 했지만 그럴 수 있는 일이었다.

문제는 자신이 누군가를 잘 가르칠 수 있느냐 하는 점이었다.

시험을 잘 보는 것하고 누군가를 가르치는 건 전혀 별개의 문제였기 때문이다.

"그래, 한번 이야기해 봐."

조금 더 생각을 해보고 싶었지만, 엄마는 이런저런 이유를 들며 한수를 설득했다.

결국, 한수는 두 손 두 발 다 들고 포기할 수밖에 없었다.

엄마 말발은 지구 최강이다.

통화든 직접 만나든 하기 싫으면 어차피 자신이 안 한다고 하면 그만이다. 괜한 말다툼으로 심력을 소모하는 것보다 이게 더 나았다.

"휴, 알았어요. 어디로 가면 되는데요?"

"그쪽에서 연락 올 거야."

한수가 엄마를 째려보며 물었다.

"제가 아직 한다고 말도 안 했는데 벌써 연락처 알려준 거예요?"

"얘는. 둘째 이모가 이미 알려줬지. 그래도 네 의사가 중요하니까 물어보고 연락한다고 그러더라."

"흠, 알았어요."

방으로 들어가려는 한수를 엄마가 재차 잡았다.

"한수야, 밥은? 밥 먹고 왔어?"

"괜찮아요. 저는 방에서 좀 쉴게요."

그리고 한수가 방에 들어왔을 때였다.

휴대폰이 울려댔다. 발신자를 확인해 보았으나 모르는 번호였다.

무시할까 하던 한수가 전화를 받았다. 스팸 전화면 바로 끊어버리면 그만이었다.

"누구세요?"

-안녕하세요. 강한수 학생 맞으시죠?

전화를 건 상대방은 중년쯤 되어 보이는 아줌마였다.

"예, 맞는데요. 누구세요?"

-아, 하나 엄마한테 이야기 듣고 전화 드렸어요.

하나 엄마?

머리를 굴리던 한수는 금세 하나가 누군지 깨달았다.

둘째 이모네 딸 이름이 하나였다. 한수하고는 두 살 터울로 언론사에 재직 중인 걸로 알고 있었다.

"아, 네. 어머니한테는 이야기 전해 들었어요. 강한수입니다."

-우리 딸아이가 올해 수능을 봤는데 성적이 좀 안 좋게 나왔어요. 그래서 새로 과외 선생님을 구하려 하는데 한수 학생이 올해 유일하게 만점을 받았다고 해서요.

"아, 네. 운이 좋았습니다."

-운이 좋다고 만점 받는 게 가능하겠어요?

한수가 어색하게 웃었다. 자신은 그저 텔레비전의 힘을 빌린 것뿐이었다.

그 뒤로도 한수는 그녀와 몇 가지를 놓고 이야기를 나눴다.

딸아이 성적도 이야기가 나왔고 그 이후로도 어떻게 했으면 하는지에 대해서도 이야기가 나왔다.

그렇게 통화가 끝나갈 무렵 한수가 그녀에게 물었다.

과외를 할지 안 할지는 일단 시간과 비용을 듣고 결정할 생각이었다.

"어머님, 과외 시간 하고 비용을 먼저 알 수 있을까요?"

－물론이죠. 일주일에 이틀, 하루에 두 시간씩. 과목은 수학이면 충분해요. 그렇게 해서 한 달에 천만 원 드릴게요.

"……자, 잠깐만요. 얼마요?"

－한 달에 천만 원이요. 음, 부족한가요?

한수는 이마를 타고 흐르는 식은땀을 소매로 훔쳤다.

생각지도 못한 그녀의 말에 머릿속은 이미 새하얘진 지 오래였다.

CHAPTER
5

부족하냐고 물어보는 질문에 한수는 순간 얼어붙고 말았다.

한수의 대답이 없자 그녀가 재차 말을 꺼냈다.

−부족하시면…….

"그게 아니라 너무 갑작스러워서. 음, 그리고 생각보다 액수가 너무 커서……."

−부담 갖지 않으셔도 돼요. 선생님이 우리 딸아이 내년에 좋은 대학교 보내주시기만 하면 됩니다.

한수가 다급한 목소리로 말했다.

"자, 잠시만요! 저도 생각 좀 해봐야 해서요."

−예?

"갑작스러운 제안이라 조금 더 생각을 해봐야겠습니다. 죄송합니다."

─알았어요. 그럼 내일 오전에 연락드릴게요.

그리고 전화가 뚝─ 하고 끊겼다.

한수는 전화가 끊긴 뒤에도 여전히 정신을 못 차리고 있었다.

소문으로만 듣던 월 천만 원짜리 과외. 그게 실존했던 것이다.

게다가 부족하냐고 물어보기까지 했다.

그렇다는 건 천만 원보다 많은 돈을 줄 수도 있다는 의미 아니겠는가.

혼자 심각하게 고민하던 한수는 일단 방에서 나왔다.

거실에 앉아 있던 엄마가 한수를 보며 물었다.

"이야기는 잘 해봤어?"

"……도대체 뭐 하는 집안이에요?"

"왜? 무슨 일 있었어?"

"과외비로 월 천만 원을 주겠다고 하는데요?"

"뭐?"

그 말에 엄마가 눈을 동그랗게 떴다.

하긴 그녀도 믿지 못할 게 분명했다.

한수가 가장 많은 돈을 주고받은 과외도 월 오십만 원짜리 수학 과외였다.

그런데 월 천만 원이라고 한다.

누구라도 의심할 수밖에 없는 게 당연하다.

멍하니 앉아 있던 엄마가 다급하게 전화를 걸었다. 아까 전 그 아줌마를 소개해 준 이모한테 전화를 거는 것이리라.

예상대로 엄마는 전화가 연결되자마자 버럭 소리부터 내질렀다.

"언니! 도대체 어떻게 된 거야? 그 집 도대체 뭐 하는 집이야?"

"……."

"뭐? 한상 그룹 사장 딸이라고? 정말? 아니, 글쎄 한수한테 과외비로 월 천을 불렀다고 하잖아. 어휴, 언니는 짐작하고 있던 거야? 아, 그렇지? 언니도 몰랐지?"

잠시 뒤, 전화가 끝난 듯 엄마가 한수를 보며 말했다.

"네가 과외 가르칠 집안이 한상 그룹 사장 집이란다. 거기 사모님이 교육열이 그렇게 어마어마한데 딸이 올해 수능을 망쳐서 재수를 준비 중이래. 그러다가 네가 고등학교에서 한 인터뷰를 보고 연락을 해온 거야. 부담 없이 언제든 연락 달라고 하더라."

한수가 떨떠름한 얼굴로 물었다.

"괜찮을까요? 이러다가 제대로 못 가르치면 어떻게 하죠?"

"그럼 그전에 못 한다고 하고 관두면 되지."

"휴, 조금 더 고민해 볼게요. 지금 당장 결정해야 하는 것도 아니잖아요."

"그래, 그렇게 해. 그래도 잘만 가르쳐서 좋은 대학교 보내면 개도 좋고 너도 좋고 일거양득이잖니? 이왕이면 좋게좋게 생각해봐."

어머니는 한수가 과외 하길 바라고 있었다.

다른 아르바이트보다 한결 편한 데다가 월 천만 원이라는 돈을 벌기도 쉽지 않은 일이었다.

과외가 대학생들이 가장 선호하는 아르바이트인 것에는 그럴 만한 이유가 있는 법이다.

"일단 차차 생각해 볼게요. 그보다 그 일은 어떻게 됐어요?"

"뭐가 어떻게 돼?"

한수가 싱글벙글 웃으며 물었다.

"백반집 사장님 말이에요. 오늘 말하신 거 아니었어요?"

"아, 그거? 말하기도 전에 이미 뉴스에 나오더라. 호호. 너희 학교 졸업생이 수학능력시험 만점자라면서 이름까지 나오는데 그 아줌마가 얼마나 깜짝 놀랐는지 알아? 네 덕분에 속이 다 후련하더라."

"그 정도였어요?"

"그래. 허구한 날 자기 자식 자랑만 하면서 맨날 너 걱정하던데 오늘 아예 콧대를 확 꺾어줬잖니. 뭐, 나중에는 백반집 사장님도 미안하다고 사과하더라."

"잘됐네요."

"근데 그 이후로 계속 네 이모하고 고모들한테 연락 와서 정신이 없었어. 덕분에 일찍 나와서 종일 집에만 틀어박혀 있었잖니. 집에까지 찾아오겠다는 걸 말리느라 얼마나 힘들었는지 몰라."

"휴, 평소에는 연락도 좀처럼 없던 분들이⋯⋯."

"네가 다 이해해 드려. 전국에 만점자가 너 한 명뿐이라며. 그럼 그렇게 유별나게 행동할 수도 있는 거야."

"그렇겠죠? 점심은 드셨어요?"

"대충 라면으로 때웠다. 왜? 출출해? 뭐 만들어주랴?"

"아뇨, 괜찮아요. 저 그럼 샤워부터 하고 텔레비전 좀 보고 있을게요."

"그래, 알았다."

엄마가 나가고 한수는 텔레비전을 힐끗 쳐다보다가 화장실로 들어가서 샤워부터 했다.

물만 끼얹고 대충 샤워를 끝낸 뒤 화장실에서 나온 한수는 방으로 되돌아왔다.

그러고서 텔레비전을 켰다. 텔레비전을 켠 뒤 한수는 눈을 감았다. 그리고 속으로 말했다.

'여태까지 내가 얻은 경험치를 보여줘.'

잠시 뒤, 알람이 하나둘 떠올랐다.

[현재까지 획득한 경험치는 이렇습니다.]

[EBS PLUS 1 수학 관련 과목 경험치는 현재 100%입니다.]

[EBS PLUS 1 영어 관련 과목 경험치는 현재 100%입니다.]

[EBS PLUS 1 중국어 관련 과목 경험치는 현재 100%입니다.]

그 이후로도 계속해서 알람이 떴다.

EBS PLUS 1 채널 같은 경우 세 과목을 제외해도 국어나 사탐 과목도 적지 않은 경험치가 쌓여 있었다.

퀴진 TV는 아무래도 서유럽 요리에 대한 경험치가 가장 많았다.

종합 평가로 보면 EBS PLUS 1 채널은 78%, 퀴진 TV 채널은 54% 정도에 불과했지만, 이제는 슬슬 다른 채널도 확보해 두고 싶었다.

한수는 텔레비전이 시작하기 전 눈을 감았다.

"추가로 채널을 얻을 방법은 없을까?"

채널을 한 번에 하나씩 얻는 건 너무나도 감질나는 방법이었다. 더욱더 다양한 채널을 확보해서 지금보다 빠르게 성장하고 싶었다.

[사용자의 정신에 막대한 부담을 줄 수 있어 권하지 않습니다.]

"그래도 상관없다면?"

[사용자 권한에 따라 채널을 추가로 확보 가능한 방법을 열람합니다.]

그리고 잠시 뒤 눈앞에 여러 가지 알림이 떠올랐다.
한수는 낯익은 그 창을 보며 눈을 빛냈다.
MMORPG를 하다 보면 흔히 볼 수 있는 창이었다.
그건 다름 아닌 퀘스트창이었다.

[퀘스트를 완료할 경우 새로운 채널을 확보할 수 있습니다.]
[퀘스트는 중복해서 완료하실 수 없습니다.]

"알아. 나를 보호하기 위한 거겠지."
누가 이 A.I를 만든 건지 모르겠지만 되게 조심성 있는 사람일 게 분명했다.
그만큼 이것이 뇌에 가져다주는 부담감이 크다는 의미이기도 했다. 남들은 평생 가야 얻을 지식을 일 년이면 얻게 해주는 마법이었으니까.
한수는 퀘스트창을 훑어보기 시작했다.
대부분은 아직 확보하지 않은 채널과 연관성이 있는 것이다 보니 도전하기 어려웠다.

그러나 한 가지 쓸모 있고 또 유용할 것 같은 퀘스트가 존재했다.

한수는 그것을 속으로 읊조렸다.

"아버지의 추억에 남아 있는 요리를 만드시오?"

[아버지의 추억에 남아 있는 요리를 만들 경우, 채널을 추가로 하나 더 확보 가능합니다.]

그렇다면 채널을 두 개 더 얻을 수 있다는 의미다.

일단 퀴진 TV 같은 경우 PC방 매출을 올리기 위해 새로운 레시피를 개발하는 게 등급 심사 조건이었는데 조만간 충족될 것 같았다.

다른 심사 조건과 달리 기한이 정해져 있었고 그 기한 동안 매출의 상승 폭이 얼마나 되는지 그걸 통해 퀘스트의 성공 여부를 판가름하는 것이었기 때문이다.

이제 남은 기간은 이틀이지만 성공 확률은 백 퍼센트였다.

게다가 아버지의 추억에 남아 있는 요리마저 만드는 데 성공한다면 채널을 하나 더 확보할 수 있게 될 터였다.

한수는 결심을 굳혔다.

가급적 채널은 하루라도 빨리 많이 확보할수록 좋았다.

이것 역시 도전해 볼 생각이었다.

피로도를 쓰기 위해 한창 텔레비전을 보는 사이 아버지가 집에 도착했다.

한수도 텔레비전을 끈 다음 방 밖으로 나왔다. 아버지 얼굴은 평소보다 훨씬 피곤해 보였다.

아버지도 엄마처럼 회사에서 시달린 게 분명했다.

"회사에서 무슨 일 있었어요?"

아버지가 건넨 코트를 받으며 엄마가 물었다.

"말도 마. 완전 장난 아니었어. 어휴, 부장님에 이사님까지 난리도 아니었다니까?"

"그래요? 어땠는데요?"

"어떻긴. 기사 뜨고 동기 몇몇이 설마 하다가 나한테 와서 직접 물어보더라고. 숨길 게 뭐 있어. 그래서 맞다고 했더니 그 뒤로 계속 축하 인사가 쏟아지는 거야. 그러다가 부장님한테 축하한다는 말 듣고 퇴근길에 이사님 만나서 또 축하한다고 이야기 듣고 난리도 아니었어."

"우리 집도 마찬가지였어요. 당신 출근하고 얼마 안 돼서 기자들이 아파트에 깔렸다니까요? 저 꼼짝 못하고 아르바이트도 못 나갈 뻔했잖아요. 그러고 보니 지금은 다 빠지고 없나 봐요?"

"응, 시간이 시간이잖아. 지금쯤이면 퇴근했겠지. 어쨌든 우리 아들 다시 한번 축하한다. 성적표 좀 보여줄 수 있냐?"

"아, 그러고 보니 성적표도 여태 못 보고 있었네."

"잠시만요."

한수는 방에서 성적표를 가지고 온 다음 아버지에게 내밀었다.

가만히 성적표를 들여다보던 아버지가 흐뭇하게 웃어 보였다.

"아직 꿈꾸는 것만 같았는데 이제 좀 실감이 나는구나. 그래, 고생했다."

"감사합니다, 아버지."

그리고 아버지가 옷을 갈아입고 나왔을 때 한수가 조심스러운 목소리로 물었다.

"혹시 말이에요. 그냥 혹시 해서 여쭤보는 건데 아버지 추억에 남아 있는 요리라는 게 있어요?"

"어?"

"설마 할아버지가 말해주셨니?"

두 분 반응이 심상치 않았다.

한수가 미간을 좁혔다. 자신이 모르는 게 분명히 있었다.

그러니까 아버지의 추억에 남아 있는 알 수 없는 요리가 실존하고 있는 것이었다.

"아, 예, 어쩌다 보니 우연히 들었어요."

한수가 조심스럽게 대답했다.

아버지가 눈살을 찌푸렸다.

"갑자기 그건 왜 묻는 거냐?"

"궁금해서요. 추억에 남아 있는 요리, 뭔가 근사하잖아요. 혹시 엄마하고 관련 있는 요리예요?"

"그런 건 아니다. 그보다는…… 돌아가신 네 할머니하고 관련이 있지."

"음, 어떤 요리인지 알려주실 수 있나요?"

"그건 알아서 뭐하게?"

"제가 요새 요리 잘하잖아요. 한번 만들어드릴까 해서요."

잠시 망설이던 아버지가 눈매를 좁혔다.

"아마 그건 만들기 어려울 거다."

"예? 왜요?"

"흠, 그러니까 내가 코흘리개였을 때의 일이다. 벌써 사십 년도 더 된 일이지."

아버지 눈빛이 회상에 잠겼다. 아버지는 과거를 들여다보듯 말을 읊조렸다.

"삼공이다, 사공이다 해서 나라가 어지러웠을 때다. 그때 당시 나는 경상도 산골에서 부모님과 함께 지냈는데 생활이 궁핍해서 끼니를 제때 챙겨 먹기도 힘들었다. 뭐, 당시 서민들의 삶은 늘 그랬지. 지금도 그렇지만."

"예."

"그러다가 여름에 내가 심한 고뿔에 걸린 적이 있었다. 가난하니 병원은 데려갈 수 없고 어머니가 마음고생이 무척 심하셨다."

"그래서 어떻게 되었죠?"

아버지가 당시 일을 회상하며 말했다.

"어머니는 아픈 나를 다독이며 그랬지. 이틀만 기다리면 맛있는 요리를 만들어주겠다고 말이다. 나는 믿지 않았다. 우리 형편에 맛있는 요리라고 해봐야 얼마나 맛있을까 하곤 말이다."

"그래서요?"

"이틀이 지난 뒤 어머니가 만들어주신 건 새빨간 죽이었다. 나는 내심 실망하며 죽을 먹었는데 그 생각이 바뀌는 건 오래 걸리지 않았다. 정말 처음 먹어보는 맛이었어. 소고기라는 게 이런 맛일까 생각할 정도였지. 그때는 워낙 가난해서 소고기는커녕 돼지고기도 제대로 먹어보질 못했거든. 어쨌든 그 죽 덕분에 펄펄 끓던 열도 내려갔고 고뿔도 떨쳐 낼 수 있었다."

"그 죽 재료는 뭐였나요?"

"그걸 알면 내가 진즉에 만들어 먹었겠지. 이곳저곳 돌아다니며 그 죽과 비슷한 건 죄다 사 먹었는데 그때 그 맛은 나질 않더구나."

"할아버지가 힌트 비슷한 건 알려주지 않으셨어요?"

"사십 년도 더 된 일이야. 할아버지께서도 썩 기억나는 게 없다 하시더구나."

난관이다.

한수가 재차 물었다.

"힌트가 될 만한 건 없나요? 당시 그 죽에 대한 기억이라든 가. 뭐, 그런 거요."

"글쎄. 죽치고는 칼칼한 맛이 나서 신기했지. 또 뭐가 있더 라. 아, 어머니가 흘리듯 한 말이 있는데 진흙 냄새를 제거해 야 해서 시간이 꽤 걸린다고 했었다."

"진흙 냄새를 제거해야 하는 데다가 칼칼한 맛이 났다고요?"

"그래. 칼칼한 맛이 나는 죽이었어. 진짜 신기했지."

"알았어요. 흠, 제가 한번 재현해 볼게요."

한수는 방으로 돌아왔다. 그런 다음 모인 단서를 통해 생각 을 정리했다. 보양식으로 쓰이고 진흙 냄새가 많이 난다. 그 밖에 죽인데 칼칼한 맛이 나는 죽이다.

이런 죽은 무엇일까?

당장 찾아야 할 만큼 시급한 건 아니었지만 그래도 찾아내 야 했다. 새로운 채널을 추가로 하나 더 확보하기 위해서라도.

그렇게 부모님과 대화를 나누고 오는 사이 휴대폰을 보자 부재중 전화가 다섯 통 쌓여 있었다.

개중 두 통은 준성에게 온 거였고 세 통은 발신자를 알 수 없는 번호였다.

한수는 일단 준성에게 전화를 걸었다.

얼마 지나지 않아 준성이 전화를 받았다.

―어, 한수냐?

"그래, 전화했었어?"

―너 오늘 시간 되냐? 오늘 시간 되면 술이나 한잔하자. 어때?

"술? 뭐, 문제 될 건 없는데. 알았어. 몇 시에 볼까?"

―저녁 열한 시쯤? 내가 자주 가는 포장마차가 있는데 거기서 한잔하자.

"우리 둘만 보는 거야?"

―아니, 철승이랑 영태도 올 거야.

철승이하고 영태, 둘 다 고등학교 때 꽤 어울렸던 친구들이다.

"알았어. 이따가 시간 맞춰서 사거리로 나갈게."

―어, 애들한테 너 나온다고 연락 돌려놓는다?

"알았어."

한수는 전화를 끊은 뒤 남은 세 통을 어떻게 해야 하나 고민했다.

그러다가 일단 전화를 걸었다.

두 곳은 신문사였다. 그리고 한 곳은 방송국이었다.

아직도 한수는 지난번 모교에서 짧은 인터뷰에 한 번 응한 걸 제외하면 그 어떤 인터뷰도 일체 거절하고 있었다.

그렇다 보니 온갖 언론 매체가 수시로 한수에게 연락을 취하는 중이었다.

역대 가장 어려웠던 불수능의 유일무이한 만점자가 아닌가.

단독 인터뷰를 어떻게든 따내야 했다.

그렇다 보니 몇몇 기자는 인터뷰를 해주면 적당히 사례를 해주겠다고 대놓고 말할 정도였다.

개중 몇몇은 한수가 돈독이 올라 일부러 인터뷰를 거절한다고 악의적인 루머를 퍼뜨리고 있기까지 했다.

한수도 그들의 분위기에 대해 전혀 모르고 있는 건 아니었다.

실제로 지금도 집 밖으로 나가면 기자들이 쫓아 붙는데 그것들을 떼어내기 위해서라도 한두 곳과 독점 인터뷰를 하는 게 나은 선택이 될 수도 있었다.

결국, 한수는 염두에 두고 있던 신문사 기자에게 전화를 걸었다.

그동안 틈틈이 기사도 찾아봤는데 그나마 중립적인 견지에서 인터뷰 한 사람의 의도를 곡해하지 않고 정확하게 싣는 기자였다.

기자 이름은 이영민.

얼마 지나지 않아 상대가 전화를 받았는데 목소리가 생각과는 많이 달랐다.

여자였다.

―여보세요? 강한수 씨 맞으시죠?

"아, 네. 맞습니다. 여기자님인지는 몰랐네요. 그래서 조금 당황했습니다."

―호호, 제 이름 때문에 그러신 거면 그럴 수도 있겠네요. 어쨌든 항상 전화를 피하다가 이렇게 주신 건 독점 인터뷰 때문이신 건가요?

"네, 그동안 여러 곳에서 전화도 오고 문자도 와서 한번 찾아봤는데 이영민 기자님이 가장 나아 보여서요. 그리고 독점 인터뷰 안 했다고 이렇게 매일 들쑤시는 것도 이젠 슬슬 귀찮고요."

―호호, 잘됐네요. 아, 강한수 씨가 잘됐다는 게 아니라 제가 잘됐다는 이야기예요.

"네, 무슨 의민지 알고 있어요."

―그럼 인터뷰는 언제쯤 가능하세요?

아직 대학교에 진학한 것도 아니어서 시간은 널널했다.

"내일도 가능해요."

―좋네요. 그럼 내일 연락 드리고 찾아뵐게요.

"알겠습니다."

이영민 기자하고 통화를 끝낸 뒤 한수는 시간을 확인했다.

저녁 열 시.

아직 남은 피로도는 2.

아쉬움이 남았다.

두 번 더 경험치를 쌓을 수 있는데 약속 시간을 생각해 보니 남아 있는 시간은 한 시간뿐이다.

일단 남은 피로도 하나라도 챙겨야 했다.

그렇게 한수는 다시 텔레비전을 켰다.

퀴진 TV에서는 프랑스 요리법 중 하나인 누벨 퀴진(Nouvelle Cuisine)에 대해 다루고 있었다.

누벨 퀴진은 지난번 한수가 본 오트 퀴진과는 정반대의 노선을 걷고 있는 요리법으로 버터나 향신료의 사용을 줄이는 대신 재료 본래의 맛을 최대한 살리고 고기보다는 채소를 더 많이 사용해서 음식의 자연스러운 풍미나 색조 등을 강조하는 저칼로리 방식의 요리법이었다.

개중에서도 방송에 나온 쉐프가 다루고 있는 건 피에르 가니에르의 가니에리즘이었다.

피에르 가니에르는 자신의 이름을 딴 피에르 가니에르 레스토랑의 오너 쉐프로 파리에 있는 본점은 미슐랭 3스타이기도 했다.

서울에도 분점이 있는데 이번 방송에 나온 쉐프는 그 피에르 가니에르 서울 분점의 헤드 쉐프였다.

한수는 방송을 통해 피에르 가니에르 서울 분점의 헤드 쉐프가 만들어내는 요리를 지켜보기 시작했다.

처음 퀴진 TV를 통해 오트 퀴진을 봤을 때만 해도 한수는 머릿속으로는 그 경험을 고스란히 전달받았고 무슨 요리를 하는지, 어떤 식으로 요리하는지도 알 수 있었지만 정작 그들이 요리를 만들어내며 느끼는 감정이나 그것이 주는 희열 같은 감동은 전혀 맛볼 수가 없었다.

애초에 한수는 요리에 대해 전혀 모르는 애송이였기 때문이다.

하지만 점점 더 퀴진 TV를 보고 또 요리에 대해 공부하고 찾아보고 조사할수록 그는 방송에 나와서 요리하고 있는 쉐프들이 얼마나 공들여 노력했는지 깨달을 수 있었다.

또, 아무 노력 없이 그것을 고스란히 자신의 것으로 흡수하게 해주는 이 텔레비전이 얼마나 무지막지한 녀석인지도 알 수 있었고 한편으로는 아무 대가도 없이 그런 능력을 갖게 된 게 얼마나 소중한 일인지 새삼 느끼곤 했다.

그렇기 때문에 남은 시간을 쪼개서 더욱더 공부에 매달리게 된 걸지도 몰랐다.

그들이 오랜 시간 걸쳐서 쌓은 그 재능을 완벽하게 자신의 것으로 만들고 싶어서였다.

단순히 머릿속에 든 지식만이 아니라 손놀림이나 간을 보는 것, 굽기를 확인하는 방법, 그 밖에 손님을 대하는 태도나 요리를 향해 가지는 경건한 자세까지.

그것을 통해 한수는 텔레비전이 주는 경험 그 이상으로 더욱더 발전하고 있었다.

마치 벌레가 고치를 깨고 나비가 되어 날아가듯 한수도 그동안 알지 못했던 자신의 잠재력을 하나둘 열어젖히고 있었다.

그리고 지금 한수가 하는 것은 다음에 또 어떤 채널을 얻게 될지 모르지만, 더욱더 빠르게 경험치를 쌓을 뿐만 아니라 더 다양하게 세상을 바라볼 수 있는 관점을 제시해 줄 게 분명했다.

그러는 사이 오십 분이 순식간에 지나갔다.

방송이 끝난 뒤 광고가 나오기 시작했고 한수는 그제야 집중을 풀 수 있었다.

그는 무언가 충만해지는 느낌을 받으며 입가에 미소를 그렸다.

그 순간 알림이 떠올랐다.

[퀴진 TV의 프랑스 요리 관련 경험치가 100% 모두 쌓였습니다.

이제부터 당신의 요리관은 더욱더 확장되며 예민한 미각을 갖게 됩니다.]

'예민한 미각이라고?'
그러나 알림은 아직 끝난 게 아니었다.
재차 알림이 떠올랐다.

[네 분야에 대한 경험치가 100% 쌓였습니다.]
[이제부터 중급자 단계로 넘어갑니다.]
[채널 테크 트리를 통해 원하는 채널을 선택 가능합니다.]

갑작스럽게 뜬 알림에 한수가 눈을 크게 떴다.
'채널 테크 트리?'
단어만 보면 나무를 연상시킨다.
"도대체 이건 뭐지?"

「채널 테크 트리」

한수는 호기심을 뒤로 미룰 만큼 인내심이 강하지 않았다.
한수는 곧장 「채널 테크 트리」라는 것을 확인해 보기로 했다.
그리고 눈을 감았을 때 깜깜한 밤하늘에 수많은 별자리가 떠오르는 장엄한 광경을 목격할 수 있었다.

그러나 그것들은 별자리가 아니었다.

그것들 모두 숫자였다.

개중 숫자 두 개는 새파랗게 빛을 뿜어내고 있었다.

78과 157.

한수는 이 숫자들이 의미하는 바가 무엇인지 깨달았다.

여기 있는 수많은 숫자는 한수가 앞으로 얻을 수 있는 채널을 의미하는 것이었다.

그리고 파랗게 빛나는 숫자는 한수가 이미 획득한 채널이었다.

78번은 퀴진 TV였고 157번은 EBS PLUS 1 채널이었다.

한수는 그밖에 다른 채널을 둘러봤다.

78번은 157번과 서로 연결되어 있었고 157번은 27번, 그리고 78번과 연결되어 있었다.

'이래서 테크 트리라고 했던 거구나.'

뿌리에서 줄기가 돋아나고 그 줄기에서 가지가 뻗치고 가지에서 잎사귀가 돋아나듯 지금 한수 눈앞에 보이는 숫자들은 일련의 흐름을 가지고 있었다.

한수가 처음 얻었던 157번 채널이 뿌리를 이뤘다.

그 뿌리를 통해 78번 줄기가 자라났고 그 줄기에서 27번과 58번 가지가 돋아나려 하고 있었다.

두 가지의 가지에서 어떤 가지를 선택하느냐는 한수의 몫이었다.

둘 중 하나를 선택하면 그 가지가 자라날 테고 또 잎사귀를 만들어낸 다음 꽃을 피워낼 것이다.

한수는 다시 숫자들을 하나하나 관찰하기 시작했다.

모든 숫자가 똑같지는 않았다.

일단 크기가 달랐다.

한수가 얻은 채널의 숫자는 크기가 작은 반면에 5번, 7번, 9번, 그리고 11번 그러니까 지상파 채널의 크기는 한수를 집어삼킬 것처럼 커다랬다.

몇몇 특정 채널도 그 정도만큼은 아니지만, 꽤 큼지막했다.

또 그 큼지막한 채널은 무수히 많은 채널과 연결이 되어 있었다.

그때 숫자를 감싸며 알림이 떠올랐다.

[크기가 커다란 채널일수록 획득하기 어렵습니다.]

[획득하기 위해서는 몇 가지 조건을 충족시켜야 합니다.]

[그 조건은 크기가 커다란 채널 아래 위치한 채널들을 확보해야만 열람이 가능합니다.]

결국, 지금 한수의 능력으로는 지상파 채널을 절대 확보할 수 없다는 의미였다.

'언젠가는…….'

한수는 속으로 다짐했다.

언젠가 능력이 닿는다면 저 지상파 채널마저 자신의 것으로 만들어 버리겠다고.

그렇게 「채널 관련 테크 트리」를 확인한 다음 한수가 눈을 뜨려 할 때였다.

저 멀리 붉게 타오르는 숫자들의 집합이 보였다.

204번, 206번, 208번 등.

생소한 숫자들이었다. 그것들은 자신들끼리만 교류할 뿐 다른 채널들과는 전혀 연결되어 있지 않았다.

한수가 가만히 그것을 바라봤다. 시뻘건 색이 가슴을 진탕시켰다.

'저 채널들은 뭐지?'

그 의문에 알림이 떴다.

[유료 채널입니다.]
[유료 채널을 획득하기 위해서는 피로도를 필요로 합니다.]
[일정량의 피로도를 차감할 경우 유료 채널 획득이 가능합니다.]

한수가 눈을 휘둥그레 뜨며 물었다.

"유료 채널이라고? 뭐 좋은 능력이라도 들어 있는 거야?"

그때 재차 알람이 떠올랐고 한수는 그것을 보며 얼굴을 붉혔다.

[성인 채널입니다.]

꿀꺽-

그러나 한수는 자신도 모르게 침을 삼키고 말았다.

「채널 테크 트리」를 꼼꼼히 확인한 뒤 한수는 눈을 떴다. 머릿속에는 여전히 선명하게 그것들이 남아 있었다.

「채널 테크 트리」를 통해 확인한 건 일단 지상파 채널이 가장 최상위에 있다는 것이었다.

영화, 드라마, 스포츠, 레져, 음악, 요리, 다큐, 경제, 공익 등 모든 채널을 아울러 가지고 있는 채널이 바로 지상파다.

그런 만큼 획득 조건이 까다로울 수밖에 없었다.

그 아래 있는 건 종편 채널이었다.

종편(종합 편성 채널) 역시 지상파처럼 다양한 채널을 한데 모아놓은 것이다. 그 역시 지상파만큼 거대했고 획득하기 어려웠다.

지상파와 종편 다음으로 커다랬던 건 영화와 드라마 채널이었다.

한수는 이에 의구심을 가졌는데 그 이유는 뚜렷했다.

영화나 드라마 채널을 획득하게 될 경우 그 영화나 드라마에 나오는 등장인물의 경험을 자신의 것으로 삼을 수 있게 되는데 그러기에는 한수의 경험이 너무 일천했다.

즉, 그 채널들을 확보하려면 더 많은 하위 채널을 얻어서 더 많은 경험과 능력을 쌓아야만 했다.

반면에 상대적으로 얻기 쉬운 하위 채널은 오락, 스포츠, 레저, 교육, 음악 등으로 이는 실생활과 밀접한 연관이 있을 뿐만 아니라 평소 한수가 즐겨 했거나 혹은 관심이 있던 분야여서였다.

어쨌든 지금 한수가 해야 하는 건 분명했다.

더욱더 많은 하위 채널을 확보해서 최종 단계인 지상파 채널까지 자신의 능력으로 만드는 것.

그러는 사이 저녁 열한 시가 다 되어가기 시작했다.

한수는 허겁지겁 옷을 챙겨 입은 뒤 바깥으로 나왔다.

사거리로 나오자 저 멀리 한 무리가 보였다. 고등학교 때 단짝 친구들이었다.

횡단보도 신호가 바뀌고 녀석들이 한수에게 달려들었다.

"야! 강한수! 이 구라쟁이야. 시험공부 하나도 안 했다며!"

개중에서 준성이가 가장 과격했다.

다른 녀석들의 반응도 비슷비슷했다. 그러나 진심으로 한수를 축하해 주고 있었다.

한수도 친구들의 축하에 환하게 웃을 수 있었다.

그리고 그들은 사거리 근처에 있는 포장마차로 발걸음을 옮겼다.

어묵탕에 소주를 시킨 뒤 한 차례 술잔이 돌았다.

준성이 한수를 쳐다보며 물었다.

"어떻게 공부했냐?"

"뭐, 열심히 했지."

"진짜 EBS PLUS 1만 본 거야?"

"그렇다니까?"

양심이 찔리긴 했지만 실제로 그것만 봤기 때문에 한수가 달리 할 수 있는 말은 없었다.

"부러운 자식. 고등학교 때 내내 놀더니 그거 반짝 공부해서 수능 만점을 받아? 하, 부럽다 부러워."

"그러게. 누군 완전히 망해서 어떻게 원서 접수해야 하나 고민인데 말이야."

친구들이 투덜거리는 소리에 한수는 할 말이 없었다. 이럴 때는 조용히 있는 게 최선이었다.

영태가 그런 한수를 보며 물었다.

"너는 한국대학교 갈 거냐?"

"그래야지, 경영학부 원서 넣으려고."

고민 끝에 결정한 학과는 경영학부였다.

어딜 넣어도 합격권이다 보니 평균적으로 가장 높은 입시 결과를 보이는 경영학부에 원서를 넣기로 마음먹었다.

한국대학교 경영학부 수석 입학.

이 정도면 졸업 후에 취업을 하든 아니면 연예인이 되든 뭘 해도 충분한 프리미엄이 되어줄 게 분명했다.

"그래, 네 성적이면 무조건 입학이지. 한국대학교는 수능만 백 퍼센트 반영하잖아."

"축하한다, 예비 한국대학생."

"너희들은?"

"일단 커트라인 뜰 때까지 봐야지. 학원에서 이래저래 알아 봐 주곤 있어. 아, 맞다. 너 우리 학원하고 무슨 일 있었냐?"

철승 말에 한수가 고개를 갸웃거렸다.

"응? 왜?"

"우리 학원에 족제비처럼 생긴 사람이 있어. 이름이 김승주 인데 얼마 전에 강의실 들어와서는 너 뒷담화하고 다니더라 고. 그래서 무슨 일 있나 해서."

김승주라는 말에 한수가 고개를 끄덕였다.

그러고 보니 그 사람하고는 그럴 만한 일이 있었다.

한수가 대충 그 사람 사이에서 오갔던 이야기를 해줬다.

"와, 그 인간. 진짜 양심도 없네. 하루도 안 다녔는데 그게 뭔 개소리야."

"그런 일이 워낙 비일비재하잖냐. 하루만 다녀도 자기 학원 수강생이라고 플래카드 걸어둔다더라."

"어휴, 그 인간이 네가 무슨 커닝을 했느니 지랄하기에 뭔 소린가 했거든. 상종 못 할 인간이네."

"커닝했어도 만점 받은 사람이 너 한 명뿐인데 그게 말이 되는 소린가 하긴 했었어."

"어쨌든 말해줘서 고맙다. 나중에 한번 얼굴이나 봐야겠네. 도대체 뭔 생각으로 그러는 건지 궁금해서 말이야. 아니면 내일 기자하고 인터뷰하는데 대놓고 이야기해 버릴까 보다."

한수가 눈살을 찌푸렸다.

차라리 그때 눈치를 채고 녹음이라도 했어야 했다. 그러면 빼도 박도 못하게 내일 인터뷰 자리에서 이야기했을 텐데 그 점이 못내 아쉬웠다.

"어쨌든 앞으로 종종 보자. 한국대학교 갔다고 괄시하고 그러는 거 아니지?"

"야, 내가 뭐하러 그러겠냐? 대학교보다 대학교 나와서 뭘 하느냐가 더 중요하지."

"그러면 너는 경영학부 졸업해서 뭐 하게?"

친구의 질문에 한수가 생각에 잠겼다.

지금 자신은 무엇이든 될 수 있다.

어떤 직업이더라도 일 년 남짓한 시간만 주어진다면 그 분야의 대가가 되는 게 가능하다.

그렇다면 무엇을 해야 할까?

능력이 너무 많다 보니 선택지도 정말 다양했다.

한수는 내친김에 친구들을 보며 물었다.

"만약에 네가 뭘 해도 잘할 수 있다면 뭐 할래?"

"응? 그게 뭔 소리야?"

"뭘 해도 잘할 수 있다고?"

"어. 요리면 요리, 노래면 노래, 공부면 공부, 스포츠면 스포츠. 다 잘할 수 있는 거지."

"흠, 글쎄. 만약 나라면…… 평소 하고 싶던 축구를 해야지. 그리고 프리미어리그에서 뛰는 거야. 주급으로 한 5억 정도 받으면 되겠지?"

준성이가 실실거리며 말했다.

"난 그 능력으로 돈 많이 번 다음 건물부터 사들일 거야. 그리고 결혼해야지. 야! 다들 조물주 위에 건물주가 있다는 말 모르냐?"

한수는 아직 대답하지 않은 영태를 바라봤다.

녀석은 무슨 대답을 내놓을까?

"허무맹랑한 능력이긴 하지만 그만큼 세상을 바꿀 수 있는 힘이라고 생각해. 만약 내가 그런 능력을 갖게 된다면…… 이 세상을 조금이라도 더 나은 방향으로 바꾸고 싶어."

한수가 물었다.

"어떻게 세상을 바꾸고 싶은데?"

"요즘 우리나라가 헬조선이라고 불리잖아. 왜 그러겠냐? 게다가 요새는 수저론까지 나왔잖아. 금수저, 은수저, 그리고 흙수저."

"그렇지."

"대학교도 일부러 졸업 안 하는 경우도 부지기수래. 취업 때문에 학점 땜빵 난 거 메우려고 한다는 거야. 점점 살기 퍽 퍽한 세상이 되어가는 거지. 청년 실업률은 날이 갈수록 높아가고 인재들은 해외로 유출되고. 이런 세상을 한번 바꿔보고 싶어."

고등학교 때부터 영태는 어른스러웠다.

한수는 고개를 끄덕였다. 영태 말도 일리가 있었다.

더욱더 살기 좋은 세상을 만든다는 것.

그것만큼 보람찬 일도 없을 터였다.

그때 친구들이 한수를 보며 물었다.

"너는 어떤데?"

"나? 연예인이 되어볼까 하는데 어떠냐?"

친구들이 그 말에 코웃음을 쳤다.

그것도 잠시, 한수의 표정이 진지해 보이자 그들이 조심스럽게 말했다.

"너 발연기잖아."

"노래도 썩 잘하는 건 아니고."

"그래도 도전해 보게?"

"뭐든지 다 잘할 수 있다면 도전해 볼 만하지 않겠어?"

장난스레 던진 말에 그들이 어처구니없는 얼굴로 한수를 쳐다봤다.

"……지금 장난하는 거 아니었어?"

"기대해도 좋다고. 흐흐."

CHAPTER
6

다음 날 아침, 칼같이 전화가 왔다.

어젯밤 월 천만 원짜리 고액 과외를 제시했던 바로 그 사모님이었다.

한수가 전화를 받았다.

"예, 전화 받았습니다."

—결정은 내리셨나요?

"지금 당장 결정을 내릴 수 있는 문제가 아닌 거 같습니다. 따님을 한번 만나 뵙고 싶습니다. 제가 아무리 가르친다고 해도 따님이 공부하기 싫어하시면 의미가 없으니까요."

—좋아요. 그럼 지금 바로 집으로 와주실 수 있을까요?

"예? 지금요? 오늘은 신문사하고 인터뷰가 있어서⋯⋯."

─걱정 마세요. 늦지 않게 보내드릴 테니까요. 운전기사를 보냈으니까 곧 도착할 겁니다.

"운전기사요?"

한수는 떨떠름한 목소리로 대꾸했다. 그러나 전화는 이미 끊긴 뒤였다.

얼마 지나지 않아 벨소리가 울렸다.

인터폰을 확인해 보니 까만색 정장을 입고 있는 남자가 1층 출입문 앞에 서 있었다.

"강한수 님 맞으십니까? 모시러 왔습니다."

"예, 바로 내려갈게요."

정말 행동력 하나는 엄청난 아주머니였다.

한수는 고개를 절레절레 저으며 휴대폰하고 지갑만 챙긴 채 밖으로 내려왔다.

1층으로 나온 한수는 한 대에 6억 원을 호가하는 최고급 리무진을 보며 침을 꿀꺽 삼켰다. 대문자 'R'이 두 개 겹쳐진 형태의 로고가 돋보였다.

'롤스로이스 팬텀…….'

기사가 정중하게 문을 열어젖혔다. 문도 평범하게 열리지 않고 반대편에서부터 열리고 있었다.

지나가는 아파트 주민들의 웅성거림을 뒤로한 채 한수는 리무진에 올라탔다.

그렇게 한수가 탄 리무진은 빠른 속도로 아파트를 벗어나 서울 시내를 달리기 시작했다.

그러나 한수는 자동차가 움직이고 있다는 것을 전혀 눈치채지 못했다. 그만큼 롤스로이스 리무진의 승차감은 완벽했다.

얼마 지나지 않아 미끄러지듯 움직이던 리무진이 도착한 곳은 한남동이었다.

리무진이 멈춰 섰고 운전기사가 정중하게 뒷문을 열었다.

리무진에서 내린 한수가 커다란 저택을 올려다봤다. 감히 그 가격을 짐작할 수 없을 만큼 초호화 저택이 서울 한복판에 자리하고 있었다.

이뿐만이 아니었다. 이 주변 지역 모두 대궐 같은 저택들이 듬성듬성 모여 있었다.

"안으로 들어가시면 됩니다."

한수는 이미 열린 문을 통해 저택 안으로 들어섰다. 예쁘장하게 조성된 마당을 지나쳐서 조금 더 깊숙이 들어가자 현관문이 보였다.

그 현관문 앞에는 젊어 보이는 여인이 마중을 나와 있었다.

"어서 오세요."

"아, 강한수입니다. 사모님은……."

"호호, 저예요. 일단 안으로 들어오시죠."

한수는 놀란 얼굴로 그녀를 바라봤다. 겉보기에는 삼십 대

초반이라고 해도 믿을 만한데 이제 스물이 된 딸아이를 두고 있는 아주머니였다.

한수는 집 안으로 들어섰다. 신발을 벗고 슬리퍼로 갈아신은 뒤 그녀 뒤를 쫓았다.

엄청 커다란 거실은 한눈에 봐도 값비싸 보이는 대리석으로 만들어져 있었고 커브드 텔레비전과 함께 수천만 원은 되어 보이는 가죽 소파가 'ㄷ'자 형태로 놓여 있었다.

그녀가 먼저 자리에 앉은 뒤 한수가 옆자리에 앉았다.

두 사람이 자리에 앉자마자 가정부가 따뜻한 차를 두 잔 타왔다. 차를 한 모금 마신 뒤 그녀가 차분한 목소리로 입을 열었다.

"결정은 내렸나요?"

"아직입니다. 따님을 만나 뵙고 결정하고 싶습니다."

"아까 그 이야기로군요. 좋아요. 안내해 드릴까요?"

"아뇨, 제가 직접 찾아가겠습니다."

"알았어요. 희연이는 2층 방에 있어요. 방문을 걸어 잠그고 있을 테니까 노크하는 게 좋을 거예요."

"예, 올라가 보겠습니다."

한수는 2층으로 올라왔다.

여러 개의 방 가운데 희연이의 방이 어딘지 한눈에 알아볼 수 있었다. 방문 앞에 「출입 금지」라고 걸린 팻말이 보여서였다.

한수는 방문 앞에 서서 문을 두드렸다.

"누구세요?"

안에서 맑고 영롱한 목소리가 들렸다.

"강한수라고 합니다. 과외 때문에 잠시 이야기라도 나눌 수 있을까 해서요."

문이 열렸다. 방문 뒤에는 예쁘장해 보이는 여자애가 한수를 바라보고 있었다.

"선생님이 또 바뀌었나 보네요."

"그런 거 같네요. 안으로 들어가도 될까요?"

"네, 문제없어요."

한수는 방으로 들어갔다. 방 안은 생각외로 평범했다.

한수가 그녀를 보며 입을 열었다.

"어머니께서 수학 과외를 부탁하셨어요. 그래서 오늘은 가볍게 테스트 정도만 해보려고요."

"어떤 테스트요?"

"실력이 어느 정도인지 확인은 해봐야 할 거 같아서요."

"예, 알았어요."

그리고 이십 분 정도쯤 수업을 가르치면서 한수는 깨달을 수 있었다.

EBS PLUS 1 채널을 통해 봤던 강사들의 지식뿐만 아니라 그들이 학생들을 가르치는 노하우 같은 경험들도 머릿속에 쌓여 있었다.

덕분에 처음 과외를 하는 것인데도 불구하고 가르치는 일은 어렵지 않았다.

문제는 희연이가 의욕이 전혀 없다는 점이었다.

머리가 나쁜 거 같아 보이진 않았다. 하지만 딱히 공부하고 싶어 하질 않았다.

그리고 그는 그 모습을 보며 고등학생일 때 자신의 모습을 투영시켰다.

그녀는 지금 부모님께 반항 중이었다.

결국, 한수는 이십 분 만에 수업을 중단했다. 그리고 희연이를 보며 물었다.

"공부하기 싫죠?"

"그럼 누가 공부하는 걸 좋아하겠어요?"

그녀 목소리는 여전히 퉁명스러웠다.

"솔직히 말할게요. 저는 한 달 동안 희연 학생을 가르치는 대신 천만 원을 벌 수 있어요. 아마 성적이 떨어지면 어머님께서 저를 해고하실 수도 있겠지만 어쨌든 돈은 벌어가겠죠."

"잘됐네요. 이왕 이렇게 된 거 가만히 계시다가 천만 원만 받아가는 건 어때요?"

오히려 희연이가 역으로 제안을 해왔다.

한수가 얼굴을 찡그렸다.

누구한테 천만 원은 정말 큰돈이다. 그러나 이런 부잣집한테 천만 원은 별거 아닌 돈인 듯했다.

희연의 태도에서 그런 걸 엿볼 수 있었다.

한수는 그런 걸 보니 자신도 모르게 구역질이 치밀어 올랐다.

부익부 빈익빈.

누구는 단돈 몇만 원을 벌려고 온종일 나가서 일해야 하는데 누구는 과외비로 월 천만 원을 선뜻 내놓는다.

공짜로 월 천만 원을 벌 수 있는 일이다. 그러나 한수는 자리에서 일어났다.

"죄송합니다. 과외는 맡지 않겠습니다."

한편, 희연은 자리를 뜬 한수를 보며 눈살을 찌푸렸다. 조금 전에는 순간적으로 화가 나서 자신도 모르게 내뱉은 말이었다. 그러나 그걸 곧이곧대로 듣고 과외를 때려치울 줄은 생각지도 못했다.

여태껏 여러 사람이 과외를 가르치러 왔다. 그러나 번번이 한 주도 못 버티고 과외를 잘렸다. 한 달을 버텨야 천만 원을 받는데 매주 시험을 치르기 때문이다.

그런데 한수는 한 주도 가르치지 않고 과외를 그만둬 버렸다.

독특한 사람.

그러고 보니 이름이 낯이 익었다. 가만히 생각해 보니 역대 최악의 불수능이라고 평가받는 올해 수능 만점자가 바로 그였다.

'집이 엄청 잘사는 건가?'

희연이 눈살을 찌푸렸다. 그것도 잠시, 그녀는 책상 아래 서랍에 숨겨둔 스케치북을 꺼냈다.

고등학생일 때 우연히 그림을 그리다가 그 일에 푹 빠지게 됐다. 공부는 뒷전이고 그림 그리는 것만 집중했다. 그때부터 그녀 꿈은 만화가가 되어 있었다.

그러나 엄마는 그녀의 꿈을 하찮게 평가했고 짓밟으려 했다. 그동안 그림을 그려뒀던 스케치북은 전부 다 빼앗겼고 남은 건 이거 하나뿐이었다.

스케치북에 밑그림을 그리던 희연은 이내 펜을 집어 던졌다.

집중이 되질 않았다.

조금 전 말은 해서는 안 되는 말이었다.

그녀는 입술을 깨물었다. 그렇게 닮기 싫어했던 엄마하고 똑같은 뉘앙스의 말을 해버린 자신이 너무나도 싫었다.

한수는 방문을 닫고 계단을 따라 내려왔다.

미련은 남는다. 그러나 후회는 없다.

월 천만 원, 많은 돈이다. 웬만한 직장인이 반년 동안 회사에 다녀야 벌 수 있다.

그렇지만 이렇게 해서 돈을 벌고 싶진 않았다.

자신에게는 남들에게 없는 특별한 능력이 있다. 그 능력을 쓰면 얼마든지 다른 방법으로 돈을 버는 것도 가능했다.

사모님은 거실에 앉아 우아하게 차를 마시며 한수를 기다리고 있었다.

그녀가 한수를 보며 물었다.

"어때요? 우리 딸 성적은 올릴 수 있을 거 같나요?"

"……죄송합니다. 저는 이 일 못 하겠습니다."

"네? 다시 한번만요. 뭐라고요?"

"죄송합니다, 어머님. 저는 하지 못하겠습니다."

한수는 홀가분한 마음으로 한남동을 떠날 수 있었다.

의외로 희연의 어머니는 아무것도 묻지 않았다. 그러고는 약속 장소까지 데려다주겠다는 말에 한수는 고개를 저었다.

아직 시간적인 여유는 충분했다. 머리를 정리할 시간이 필요했다.

그리고 오후 세 시쯤 되었을 때 약속 장소에서 미리 기다리고 있던 한수는 자신을 찾아온 젊은 여기자를 만날 수 있었다.

그녀는 큼지막한 카메라 가방과 노트북 가방을 메고 있었다.

커피숍 안을 두리번거리던 그녀가 한수를 발견하고는 다급히 걸어왔다.

"강한수 학생! 제가 늦은 건 아니죠?"

"그럼요, 딱 맞춰 오셨네요."

그녀가 활짝 웃어 보였다.

"잠시만요. 커피 한 잔만 시키고 올게요."

"천천히 하셔도 돼요. 일부러 시간 비우고 왔습니다."

"호호, 고마워요."

그녀는 유쾌하고 활발한 성격이었다.

아메리카노를 한 잔 시킨 뒤 돌아온 그녀가 환하게 웃으며 입을 열었다.

"이렇게 단독 인터뷰에 응해줘서 고마워요."

"아뇨, 기자님이 쓰신 기사가 가장 좋아서 연락드린 것뿐이에요. 만약 다른 분이 더 좋았으면 그분한테 연락을 드렸을 거고요."

"단호해서 더 좋네요. 아, 잠시만요."

테이블 위에 올려뒀던 진동벨이 울려댔고 그녀는 아메리카

노를 받아서 가져왔다.

본격적으로 인터뷰가 진행됐다. 인터뷰 내용은 크게 다르지 않았다. 다만 기존에 했던 인터뷰보다 심화 되었다는 게 조금 달랐다.

간단하게 자기소개를 한 뒤 가족이나 주변 반응, 역대 최악의 불수능으로 평가받는 이번 수능에 대한 간단한 생각, 각 과목에 대해서는 어떻게 생각했고 무슨 문제가 어려웠었는지, 그리고 어떤 식으로 공부하는지 등등.

그렇게 질문과 답변이 이어지는 사이 영민이 한수를 보며 물었다.

"성적이 발표되고 수험생들이 이제 원서 접수할 시기가 오고 있는데요. 강한수 학생은 어느 대학교에 지원할 생각이신가요?"

한수가 대답했다.

"한국대학교 경영학부에 지원할 생각입니다."

"한국대학교 경영학부요? 특별한 이유가 있는 건가요?"

"법학과가 없어진 지금 한국대학교 최고의 학과는 누가 뭐라 해도 경영학부이니까요."

"그럼 아직 딱히 진로는 정하지 않은 건가요? 저는 강한수 학생이 미래에 어떤 직업을 고를지도 궁금해서요. 알려주실 수 없을까요?"

곰곰이 생각하던 한수가 차분하게 자신의 의견을 이야기하기 시작했다.

"요 며칠 텔레비전을 봤는데 욜로라는 게 되게 인기더라고요. 기자님도 욜로가 뭔지 아시죠?"

"네, 알죠."

욜로(YOLO).

'인생은 한 번뿐이다'를 뜻하는 You Only Live Once의 앞글자를 딴 용어다. 함축해서 이야기해 보면 현재 자신의 삶에 충실해서 행복하게 살아가라는 의미다.

"어차피 인생은 한 번뿐이잖아요. 그렇죠?"

"예, 맞아요. 다시 살 수 없는, 정말 한 번밖에 없는 인생이죠."

"저는 후회하고 싶지 않아요. 제가 하고 싶은 걸 마음껏 누리다가 살고 싶어요."

"음…… 그게 한국대학교 경영학부에 지원하는 이유하고도 연관이 있나요?"

"예, 한국대학교 경영학부는 아까도 말씀드렸지만, 국내 최고의 대학교에 국내 최고의 학부라고 할 수 있으니까요. 이건 어디까지나 입시 결과를 기준으로 한 거지만요."

"정확히 그 두 개가 매칭이 되지 않는데요? 도대체 뭘 하고 싶은 거예요?"

"뭘 해도 최고가 되고 싶어요."

"네?"

"음, 이 이상은 노코멘트할게요."

"……좋아요. 이미 올해 수능에서 만점을 받으며 최고가 되었으니 앞으로 무슨 일을 하든 그 방면에서 최고가 되길 바랄게요."

한수는 그 말에 입가에 미소를 그렸다.

그녀는 지금 덕담으로 그 말을 꺼낸 것뿐이지만 자신의 생각은 달랐다. 한수는 자신이 하는 모든 분야마다 최고가 될 생각이었다.

그 이후로도 이런저런 질문이 오갔다.

대부분 평이한 질문들이었고 한수도 성심성의껏 대답했다.

"그럼 인터뷰는 여기서 끝…… 아, 후배들한테 한마디 해야죠."

한수는 그동안 고민해 왔던 것들을 정리했다.

그리고 내년에 수능을 볼 후배들을 생각하며 입을 열었다.

그들에게 용기를 불어넣어 주고 싶었다.

"우리는 한 번밖에 없는 인생을 살아가고 있습니다. 여러분, 포기하지 말고 끝까지 부딪치세요. 자신이 해낼 수 있을지 모르겠다고요? 걱정하지 않아도 됩니다. 제가 그것을 증명해 보이겠습니다."

"음, 저도 한수 학생을 믿어볼게요. 어떻게 증명해 낼지 궁금하네요."

그리고 그렇게 인터뷰는 끝이 났다.

한수는 집으로 돌아왔다.

오늘 인터뷰에서 호언장담했다. 그런 만큼 최대한 빨리 더 많은 채널을 확보할 필요가 있었다.

지금 당장 채널을 얻을 방법은 크게 두 개였다.

일단 퀴진 TV의 등급 심사 조건을 완수하는 것이었다.

이것은 내일 완료될 테고 곧장 채널 획득권이 주어질 게 분명했다.

두 번째는 퀘스트를 마무리하는 것으로 아버지 추억에 남아 있는 요리를 재현하는 방법이 있었다.

일단 자동적으로 완료가 될 건 제쳐 두고 한수는 컴퓨터를 켠 다음 아버지 추억에 남아 있는 그 요리를 검색해 보기 시작했다.

포털 검색어 창에 한수는 아버지를 통해 들었던 단서들을 입력했다.

칼칼한 죽, 보양식, 진흙.

세 가지를 조합해서 검색하자 별의별 내용이 떠올랐다.

간장 감자조림부터 삼보 삼색 장어 어죽이나 김치 낙지죽 같은 것들이 블로그에 떴다.

한수는 일단 그것들부터 꼼꼼히 훑었다. 하지만 모두 자신이 찾는 건 아니었다.

블로그에서 이렇다 할 정보를 찾지 못한 한수는 백과사전을 찾아보기 시작했다.

그리고 그는 강원도 정선의 향토 음식인 원반죽이라는 걸 찾아낼 수 있었다.

원반죽은 강원도 정선의 향토 음식으로 민물고기와 쌀을 넣어 칼칼하게 끓인 죽이었다.

조양강 일대에 서식하는 붕어, 메기, 미꾸라지 등을 재료로 하는데 여름철 보양식으로 효과가 정말 좋은 요리였다.

'일단 요리 이름은 원반죽이구나. 문제는 어떤 민물고기를 썼느냐 하는 건데.'

아버지 설명을 듣는 순간 한수가 떠올린 민물고기는 크게 세 종류였다.

메기, 가물치, 그리고 미꾸라지.

이틀 동안 손질했다는 걸 생각해 보면 아마 내장을 제거하면서 진흙 냄새를 최대한 뺀 게 틀림없었다.

그래야 더욱더 맛이 살아나기 때문이다. 그리고 오랜 시간 손질하면 할수록 당연히 먹기에도 좋다.

아무래도 이 이상은 직접 요리를 해서 먹어보는 수밖에 없었다.

검색을 끝내자마자 한수는 근처 시장으로 향했다. 그리고 그는 이미 손질된 메기와 가물치, 미꾸라지를 사 들고 집으로 돌아왔다. 그런 다음 텅 빈 집에서 본격적으로 요리를 시작했다.

애호박과 양파를 채 썰어 준비한 뒤 파와 고추도 어슷하게 썰었다. 그러고 나서 수제비 반죽을 만든 다음 냉장고에 넣어 뒀다.

그 이후 냄비에 물을 넣고 끓인 다음 고추장을 풀었다.

차근차근 요리가 준비됐다.

민물고기의 종류만 다르게 할 뿐 나머지 재료는 모두 똑같았다.

그렇게 해서 세 가지 원반죽이 완성됐다. 아마 이 중에서 아버지가 원하는 요리가 있을 게 분명했다.

한수는 세 가지 원반죽을 각각 그릇에 옮겨 담은 뒤 설거지부터 끝냈다. 그리고 그것들은 냉장고에 보관한 채 등급 심사 조건이 완료되길 기다렸다.

잠시 뒤, 등급 심사 조건이 최종적으로 완료가 됐다. 미라클 PC방 매출이 잘 나오고 있다는 의미였다.

이제 새로운 채널을 하나 더 획득할 수 있게 됐다.

그러나 얻을 수 있는 채널은 한정되어 있었다.

27번 혹은 58번.

한수는 고민 끝에 27번 채널을 선택했다.

K-POP TV.

동시에 알림이 떴다.

[27번 K-POP TV를 획득하였습니다. 이제부터 국내 음악 K-POP에 관한 경험치를 쌓을 수 있습니다.]

세 번째 채널을 확보했다.

이번에는 노래였다.

한수는 방으로 들어왔다. 그리고 텔레비전을 켰다.

이번 채널은 그에게 어떤 방식으로 능력을 부여할까?

27번 채널을 골랐다.

최근 가장 인지도가 높은 걸 그룹이 화면에 나왔다. 그 순간 한수는 넋을 놓은 채 화면에 빠져들었다. 동시에 싱크로가 시작이 되었다.

어머니가 집에 돌아온 건 삼십 분이 지났을 무렵이었다.

그녀는 현관에 놓여 있는 한수의 신발을 확인하고는 한수 방으로 향했다.

똑똑―

노크했지만 방 안은 조용했다.

"안에 있니? 들어간다."

어머니가 문고리를 돌렸다.

텔레비전이 켜져 있었고 한수가 멍한 얼굴로 그것을 쳐다보고 있었다. 텔레비전에서는 가슴이 파이고 각선미가 그대로 드러난 섹시한 여자 가수가 격렬하게 춤을 추며 노래를 부르고 있었다.

한수 어머니는 아들을 보며 뭐라 말을 하려다가 이내 방문을 닫았다.

아들의 사생활이었다.

그래도 2D 애니메이션에 빠져 있다는 친구 아들보단 나은 것 같아 다행이었다.

잠시 뒤, 한수가 정신을 차렸다.

그는 아까 전 본 영상이 머릿속에 그대로 남아 있다는 걸 깨달았다. 가사나 안무 모든 게 빠짐없이 기억이 났다.

혹시 하는 생각에 노래도 불러봤다.

예전에만 해도 음정, 박자 모든 게 개판이었는데 지금은 그래도 조금씩 맞아가고 있었다.

한수는 자신도 모르게 걸 그룹 노래를 흥얼거리며 밖으로 나왔다.

거실에 앉아 있던 엄마가 그런 한수를 보며 물었다.

"과외는 갔다 왔어? 어떻게 됐어?"

한수가 가감 없이 말했다.

"안 하기로 했어요."

"뭐? 너 미쳤어? 왜?"

"그 집 딸이 공부할 의욕이 없어 보이더라고요. 그런데 가르쳐 봤자 뭐해요."

"그래도 천만 원인데……."

"성적도 못 올렸는데 천만 원을 그렇게 손쉽게 주겠어요? 계약서도 없이 그냥 가르치는 건데? 이모가 책임져 주면 모를까 아니면 저 안 해요."

"……알았다."

예상외로 어머니는 순순히 한수 의견에 승복했다.

오히려 한수가 그 모습에 놀랄 정도였다.

"네가 생각이 있어서 그런 거겠지. 그래도 생활비는 네가 알아서 해결해야 하는 거 알지?"

"걱정 마세요. 제가 해결할 수 있어요."

과외 말고도 돈을 벌 방법은 무궁무진했다. 오히려 시간이 부족할까 봐 그게 걱정이었다.

그때 한수가 슬쩍 시간을 확인했다.

저녁 일곱 시, 슬슬 아버지가 돌아올 시간이었다.

"무슨 일 있어?"

"아버지한테 대접해 드리고 싶은 게 있어서요."

"냉장고에 놓아둔 거 말하는 거야?"

"예, 지난번에 아버지한테 들은 추억의 요리요. 그거 한번 만들어 봤어요."

"뭐? 그런 건 또 어떻게 찾았어?"

"요즘 세상이 어떤 세상인데요. 인터넷 둘러보면 웬만한 건 다 나온다고요. 그런데 엄마, 할머니 고향이 혹시 강원도에요?"

"아마 그럴걸. 강원도 정선 쪽으로 알고 있어. 그건 왜?"

"그럼 틀림없이 이게 정답일 거예요. 원반죽이라는 건데 강원도 정선의 향토 음식이라고 하더라고요."

"아버지가 오면 한번 여쭤봐라. 아마 그게 맞는다면 정말 좋아하실 거야. 특히 감기 걸리면 항상 찾던 게 그 죽이었거든."

"그래야겠어요."

그때 호랑이도 제 말 하면 온다고 현관문이 열렸다.

피곤함에 찌든 아버지가 현관문을 열고 들어오고 있었다.

"아버지!"

"어? 네가 웬일로 마중을 다 나오냐?"

"그렇게 말 하시면 제가 섭섭하죠. 자, 가방 주세요."

"……너 용돈 없냐? 왜 그래? 어울리지 않게."

"그런 거 아니래도요."

"그래, 고맙다."

아버지가 터벅터벅 안방으로 들어갔다.

한수는 양복을 벗는 아버지 뒷모습을 바라봤다. 점점 더 아버지 등이 굽고 좁아지고 여위고 있었다.

언제나 듬직하고 항상 방패막이가 되어줄 거라고 생각했던 아버지였지만 나이가 들어가며 생기는 노화는 어쩔 수가 없었다.

그렇게 아버지가 옷을 갈아입고 나왔을 때 거실에 있던 엄마가 아버지를 보며 말했다.

"여보, 한수가 당신 위해 준비한 선물이 있어요. 그러니까 빨리 씻고 나와요."

"응? 선물? 웬 선물?"

"궁금하면 빨리 씻고 나와요. 안 씻으면 선물 없을 줄 알아요."

결국 아버지는 투덜거리며 화장실로 들어갔다.

얼마 지나지 않아 아버지가 화장실에서 나왔다. 샤워를 한 듯 머리카락이 물기에 젖어 있었다.

그제야 아버지가 엄마한테 다가와서 물었다.

"선물이 뭔데?"

"식탁 봐 봐요."

식탁 위에는 한수가 미리 덥혀둔 죽이 세 종류나 올라와 있었다.

"당신 아들이 효자 다 됐어요. 우리 나간 사이 만들어 뒀나 봐요. 자자, 추억의 요리가 맞는지 빨리 먹어봐요."

"할머니 고향도 그렇고 아마 아버지가 어렸을 때 드신 죽은 원반죽이었을 거예요. 그래서 원반죽에 대해 알아봤는데 민물고기를 재료로 쓴다고 하더라고요. 거기에 진흙 냄새가 났다는 걸 생각해 보니 메기, 미꾸라지, 그리고 가물치 정도가 딱 생각나서 손질된 재료 사다가 만들어 봤어요. 한번 드셔보세요."

아버지는 말없이 식탁에 앉았다.

그리고 아버지는 메기로 만든 원반죽부터 시작해서 차례차례 죽을 한 숟가락 떠서 먹기 시작했다.

그럴 때마다 아버지는 아무 말도 하지 않았다.

무슨 말이라도 하고 싶었지만, 아버지의 모습이 매우 경건해서 차마 말을 붙일 수가 없었다.

그리고 아버지는 죽그릇 세 개를 모두 깔끔하게 비웠다.

한수가 조심스럽게 물었다.

"추억 속 맛은 찾으셨어요?"

"……아니, 그 맛은 못 찾았다."

"그런가요?"

우려하던 일이다. 그리고 어느 정도 짐작하고 있던 일이기도 했다.

그래도 아쉬운 마음에 한수는 입술을 깨물었다.

집에서 원반죽을 만들면서 한수는 깨달았다. 자신이 제아무리 맛있는 원반죽을 만든다고 해도 아버지 추억 속의 요리를 되살려내는 건 불가능하다는 것을 말이다.

추억은 시간이 지나면 지날수록 미화되기 때문이다.

그런데 거의 사십 년이라는 세월이 지났다.

그 시간 동안 기억은 아름답게 꾸며져 추억이 되었다.

그건 제아무리 위대한 쉐프라고 해도 따라잡을 수 없는 간극이 존재한다는 의미였다.

그때였다. 알림이 떴다.

한수는 말없이 눈을 감았다.

[퀘스트 '아버지 추억에 남아 있는 요리'를 재현하였습니다.]
[채널을 추가로 한 개 더 획득할 수 있습니다.]
[최하위 채널 가운데 '스포츠'를 제외한 세 채널을 확보한 상태입니다.]
['스포츠'까지 확보할 경우 상위 카테고리에 있는 채널도 확보할 수 있습니다.]

원래는 기뻐해야 맞는 일이었다. 퀘스트를 완료했고 채널도 하나 더 추가로 얻었으니까.

똑같은 맛을 만들어내진 못했다. 하지만 재현하는 데에는 성공했다. 아버지 추억에 남아 있는 요리는 원반죽이 분명했다.

그러나 뒤끝이 깔끔하지 못했다. 기쁨 대신 아쉬움이 남았다.

실패했다는 생각이, 목 천장에 달라붙어 떨어지려 하질 않았다.

그러다가 한수가 아버지를 쳐다봤다.

자신은 실패했다고 생각했는데 아버지는 환한 미소를 가득 짓고 있었다.

"실패한 거 아닌가요?"

아버지가 생글생글 웃으며 말했다.

"실패는 무슨. 네가 아무리 요리를 해도 못 따라잡는 게 있는 거다. 보통 추억이란 건 다 그런 거야."

"그래도……."

"고맙다, 아들."

"네?"

"고맙다고. 덕분에 어머니가 그때 해주셨던 죽 맛이 다시 생각이 났어. 어머니가 나를 얼마나 아꼈는지 그 마음도 절절히 와닿더구나."

"……."

"이 죽 이름이 원반죽이랬지? 그래, 그때만 해도 꽤 독특한 이름이구나 생각했었지."

"어? 죽 이름이 원반죽인 거 알고 계셨어요?"

"그럼, 요즘 세상이 얼마나 좋은데. 인터넷 검색 몇 번이면 쉽게 찾아낼 수 있는걸."

하긴 단서가 그렇게 많이 있는데 찾아내지는 못한다는 게 이상할 정도다.

그런데 왜 한수 아버지는 그 사실을 숨겼던 걸까.

한수가 물어보기도 전에 한수 아버지가 말했다.

"어렸을 때 그 맛을 다시 느껴보고 싶어서 정선 인근을 빠짐없이 돌아봤다. 원반죽 명인이 하는 가게도 가 봤고 그 근처 동네는 안 가 본 데가 없어. 그래도 어머니가 그때 해주셨던 원반죽 맛은 나질 않더구나. 하하, 그래서 괜히 네가 고생할까 봐 일부러 기억 속에 묻으라고 한 게다. 그렇다고 이렇게 만들어 올 줄은 몰랐지만 말이야."

"그랬군요."

"그래도 난 좋다. 어머니가 그때 해주신 원반죽은 아니지만, 우리 아들이 날 위해 만들어준 원반죽은 먹게 됐으니까 새로운 추억이 생긴 셈이지. 하하."

한수는 그 말에 아버지를 따라 환하게 웃을 수 있었다.

방으로 들어온 뒤 한수는 말없이 브라운관 TV를 바라봤다. 할머니가 소중하게 아꼈다는 텔레비전이다.

그런데 겉모습은 엄청 낡았는데 그 안에는 현대의 과학력으로 만드는 게 불가능한 최첨단 A.I가 장착되어 있다.

이 텔레비전 덕분에 수학능력시험에서 만점을 받을 수 있었고 미슐랭 3스타급 쉐프 못지않게 요리도 가능해졌으며 월 천만 원을 받는 과외 선생님이 될 뻔했었다. 그 모든 건 이 텔레비전이 있었기에 가능한 일이었다.

아버지 추억의 요리를 완벽하게 재현하는 데에는 실패했지만, 아버지와 또 다른 추억을 쌓을 수 있었다.

한수는 텔레비전을 바라봤다.

도대체 누가 이 텔레비전을 만들었을까?

왜 나한테만 이런 능력이 주어지는 거지?

그것이 궁금했다.

그때였다. 텔레비전이 켜졌다. 그리고 화면이 나오기 시작했다.

화면을 통해 텔레비전이 보여주는 건 여러 유명 인사였다.

하나같이 역사에 이름을 남긴 위대한 사람들.

그들 모두 자신의 시대에 자신의 분야에서 최고의 자리에 올랐던 그런 사람들이었다.

그때였다.

위대한 사람들이 저마다 퍼즐 조각처럼 작아지더니 그 퍼즐 조각이 모여 한 사람의 초상화를 만들어내기 시작했다.

그 초상화를 본 순간 한수는 눈을 크게 떴다.

텔레비전이 만들어낸 초상화 속 사람은 바로 한수 본인이었다.

그것을 본 순간 온몸에 소름이 돋았다. 믿어지지 않는 광경을 보며 한수는 입술을 깨물었다.

설마 저 많은 사람이 자신의 얼굴을 만들어낼 줄 누가 짐작이라도 했겠는가.

한수는 떨리는 목소리로 물었다.

"다시 한번 보여줄 수 있어?"

텔레비전에서 재차 아까 전 봤던 그 영상이 흘러나오기 시작했다. 그리고 다시 한번 장엄한 광경이 연출됐다.

"그래, 나는 할 수 있어."

한수는 그 영상을 보며 확신을 가졌다.

저 위대한 사람들이 하나의 조각이 되어 자신을 구성하고 있다.

충분히 가능성이 있다는 이야기다.

도전하고 싶었다. 그들처럼 자신도 역사에 이름을 남기고 싶었다.

그러나 단순히 이름을 남기는 것만으로는 의미가 없었다. 그들보다 위대해져야 했다.

그러려면 더 많은 채널을 얻어야만 했다. 지금보다 많은 능력이 필요했다. 한 분야에만 이름을 남기는 거라면 그럴 필요가 없었다.

하지만 한수의 목표는 더욱더 컸다. 그의 야망은 남들과는 비교도 되지 않을 만큼 커다랬다.

단순히 한 분야에만 이름을 남기는 게 아니라 모든 분야에 두루두루 이름을 걸치고 싶었다.

모든 채널을 자신의 것으로 만든 자.

그래서 모든 분야의 정점에 올라서는 것.

채널 마스터.

그게 바로 한수가 꿈꾸는 궁극적인 목표였다.

그러나 채널 마스터가 되기 위해서는 더욱더 많은 채널을 이른 시간 안에 확보해야 할 필요가 있었다.

한수는 아버지의 추억에 있는 요리를 재현해야 하는 퀘스트를 성공한 대가로 채널을 한 개 더 얻을 수 있게 되었다.

한수는 알림을 다시 한번 확인했다.

[최하위 카테고리 가운데 '스포츠'를 제외한 세 채널을 확보한 상태입니다.]

['스포츠'까지 확보할 경우 상위 카테고리에 있는 채널도 확보할 수 있습니다.]

한수는 「채널 테크 트리」를 다시 한번 확인했다.

「채널 테크 트리」는 이름 그대로 나무처럼 되어 있었다.

최상위에 올라와 있는 건 지상파였다.

그 아래로는 종편이, 그리고 영화─드라마 이런 식으로 넓게 뻗어진 형태였다.

모두 일곱 단계로 분류할 수 있었는데 최하위 카테고리에 속해 있는 건 「스포츠」, 「레저」, 「음악」, 그리고 「교육」이었다.

여섯 번째 단계에 속해 있는 건 「경제」, 「애니메이션」, 「오락」, 그리고 「유아」 채널이었다.

그렇다는 건 방금 받은 퀘스트의 보상으로 스포츠 채널을 획득한다면 여섯 번째 단계에 속해 있는 네 개의 카테고리에 포함된 채널도 얻을 수 있게 됐다는 의미였다.

개중에서 한수가 가장 욕심내고 있는 채널은 「경제」였다.

그가 「경제」 채널에 욕심을 내는 건 일단 입학할 학과로 경영학부를 선택한 것도 있거니와 다른 두 채널이 썩 내키지 않아서였다.

그러나 그 상위 단계에 있는 채널을 얻기 위해서는 이 세 가지 카테고리도 하나씩은 최소 필요 조건으로 갖고 있어야 할 게 분명했다.

어쨌든 한수는 스포츠 채널까지 확보하는 데 성공할 수 있었다.

그와 동시에 가장 아래 있는 네 가지 채널 「스포츠」, 「레저」, 「음악」, 그리고 「교육」에서 모두 채널 하나씩을 얻는 데 성공했다.

「스포츠」에서는 58번 HBS Sports.

「레저」에서는 78번 퀴진 TV.

「음악」에서는 27번 K-POP TV.

「교육」에서는 157번 EBS PLUS 1.

네 가지 채널을 확보하자 기분이 못내 뿌듯했다.

처음 이 능력을 얻었을 때부터 이제 4개월밖에 지나지 않은 걸 감안하면 남은 채널도 최대한 빨리 확보할 생각이었다. 그리고 한수는 두근거리는 마음을 억누른 채 텔레비전을 켰다.

동시에 그는 리모컨을 들어 채널을 58번으로 변경했다.

HBS Sports 채널.

한창 텔레비전에서는 프리미어리그 경기를 재방송해 주고 있었다.

그리고 기대를 안은 채 한수는 경기에 빠져들기 시작했다.

며칠 뒤, 한수는 한국대학교에 원서를 접수했다.

가, 나, 다 세 개 학군에 원서를 접수하는 게 가능하지만 한수가 접수한 곳은 '가' 군에 있는 한국대학교 경영학부가 유일했다. 다른 곳은 생각하지도 않고 있었다. 어차피 정시에서 수능 성적만 보는 한국대학교 경영학부이기에 수학능력시험 만점자인 자신은 합격 확률 100%였다.

원서를 접수하고 나자 마음이 한결 가벼워졌다. 이제 남은 건 합격자 발표뿐이다. 그리고 합격자 발표는 대략 3주 뒤에 나온다.

합격은 기정사실이 된 상황이지만 홈페이지에 합격 공고가 뜬 것을 보면 감회가 남다를 것 같았다.

한국대학교 경영학부 입학.

2013년 입시부터 수석 입학은 사라졌지만 그래도 유일한 수능 만점자인만큼 경영학부뿐만 아니라 전체 수석 입학이라고 봐도 무방했다.

불과 넉 달 전만 해도 이런 건 상상도 하지 못했었다. 그때만 해도 형설관에 어떻게 입실해야 할지 그 문제로 전전긍긍하고 있었다.

역시 사람 일이란 한 치 앞도 알 수 없었다.

원서를 접수하고 난 뒤 한수는 어제 막 대형 포털 사이트 메인에 걸린 자신의 단독 인터뷰 기사를 다시 한번 읽어보기 시작했다.

이영민 기자가 적당히 각색해서 올린 기사 반응은 나쁘지 않았다.

한수는 기사를 끄고 즐겨 찾는 웹사이트에 들어갔다.

그가 들어간 웹사이트는 국내 최대의 축구 팬포럼이라 할 수 있는 풋볼트리였다.

한수는 풋볼트리를 둘러보다가 프리미어리그는 물론 세계 각국 리그에서 뛰는 프로 선수들의 하이라이트 영상을 하나둘 찾아보기 시작했다.

예전에는 어떻게 저런 식으로 축구공을 다룰 수 있는지 전혀 이해할 수 없었다.

그냥 '마술 같다'라는 생각만 했을 뿐이다.

그러나 지금은 달랐다. 그들이 어떻게 공을 다루고 있는지 조금이지만 알 수 있었다.

그동안 한수는 피로도 8을 적절하게 써가며 경험치를 쌓는 데 주력했다.

그러나 대부분의 피로도를 쓴 건 역시 58번, HBS Sports 채널이었다.

그리고 프리미어리그 경기를 보며 한수는 프로 선수들의 볼 컨트롤이나 드리블, 개인기 같은 걸 머릿속으로 습득하고 있었다.

가끔 공터에 나가서 남몰래 축구공을 갖고 볼을 차본 적도 있었다.

아직은 영상에서 본 그대로 따라 하는 건 불가능했다.

요리도 처음에는 낯설어서 칼에 손을 베이고 그랬지만 이번에는 그 경우가 더 심했다.

프로 선수들은 공이 발 주변에서 원을 그리며 그 이상으로 멀리 벗어나질 않는데 자신은 계속 실수를 했고 그럴 때마다 이를 악문 채 더욱더 노력했다.

그 덕분에 경험치는 다른 채널에 비해 한결 더 빨리 쌓였고 한수는 그것을 보며 눈에 불을 켠 채 연습에 매진할 수 있었다.

그러는 사이 시간은 순식간에 흘러갔다.

한국대학교 경영학부에 원서를 넣고 3주가 지났을 때 합격자 발표가 떴다.

한수는 한국대학교 홈페이지에 접속했고 종합정보시스템에서 원서 접수 결과를 확인할 수 있었다.

한국대학교 정시 최종 합격.

한수는 그것을 보며 입술을 깨물었다.

텔레비전을 통해 능력을 얻었을 때부터 줄곧 그렇게 바라던 그것이 드디어 이루어졌다.

한수는 프린터로 합격증을 인쇄했다.

그러는 동안 휴대폰이 울렸다. 준성이었다.

─어이~ 합격했냐? 오늘 한국대 발표더라고.

"당연히 합격했지. 최종 합격이다."

─캬, 축하한다! 조만간 술이나 한잔하자.

"너는? 결과 나왔냐?"

─아직. 기다려 봐. 올해는 꼭 캠퍼스 커플이 되고 말 테니까.

그러고 보니 준성이 녀석은 재수 학원에서 만난 여자애랑 같은 대학교에 다니고 싶어서 4수 중인 걸로 알고 있었다.

"그래, 너도 꼭 붙어라!"

─고맙다. 그럼 다음에 연락할게.

통화를 끊은 뒤 한수는 A4 용지에 인쇄된 합격증을 다시 한 번 확인했다.

학번, 이름, 생년월일과 함께 「위 사람이 2017년도 한국대 학교 대학 신입 학생 정시모집에 합격하였음을 증명함.」이라 선명하게 적혀 있었다.

이로써 첫 단추는 제대로 끼웠다.

합격은 했지만, 아직 입학까지는 한 달하고 보름 가까운 시 간이 남아 있었다.

그동안 한수는 자신이 얻은 채널을 꾸준히 보면서 경험치 를 부지런히 쌓을 생각이었다.

EBS PLUS 1이나 퀴즌 TV는 경험치가 정체되어 있는 반면

K-POP TV나 HBS Sports 채널 같은 경우 비교적 빠른 속도로 경험치가 쌓이고 있었다.

게다가 관련 활동을 하면 경험치가 더욱더 빠르게 상승할 수 있다는 건 진즉에 알아둔 상태였다.

때문에 한수는 피로도를 다 소모한 뒤에는 공터에 나가서 볼을 차거나 코인 노래방에 가서 노래 연습을 하는 등 추가로 경험치를 쌓는 데 주력 중이었다.

부모님이 오실 때까지 텔레비전이나 보면서 피로도를 써야겠다고 생각할 때였다.

재차 휴대폰이 울렸다.

한수가 전화를 받았다.

"여보세요?"

ㅡ안녕하세요. 강한수 후배님 맞으시죠?

"예, 17학번 강한수 맞습니다."

ㅡ저는 길벗반 16학번 선배 이서윤이에요. 한국대학교 경영학부에 합격하신 거 축하드려요. 그리고 이번에 저희 길벗반이 되셨어요.

한국대학교 경영학부는 한빛, 백두, 길벗, 그리고 패기 이렇게 네 개의 반으로 나뉘어 있다.

아마도 자신은 개중에서 길벗반이 된 모양이었다.

ㅡ며칠 뒤 신입생 환영회를 하는데요. 2월 14일 두 시까지

한국대학교 경영대학 58동으로 오시면 돼요.

"예, 알겠습니다."

─장기자랑 하나 정도는 준비해 오는 게 좋을 거예요. 안 해
도 상관없긴 하지만 다들 기대 중이거든요.

"꼭 준비해 가겠습니다."

─그럼 그날 봬요.

상큼한 목소리에 한수는 새삼 즐거워졌다.

장기자랑을 준비해 가야 하지만 걱정되는 건 없었다.

이미 한수는 K-POP TV 채널을 확보해뒀다.

걸 그룹뿐만 아니라 보이 그룹, 발라드, 트로트 등 모든 장
르를 소화할 수 있었다.

이 정도면 장기자랑쯤은 노래 하나로 모조리 다 씹어먹을
수 있었다.

그래도 혹시 하는 생각에 남은 피로도를 이용해서 K-POP
TV를 보려 할 때였다.

또다시 전화가 걸려왔다. 이번에도 모르는 번호였다.

장석훈 PD는 TBC에서 잔뼈가 굵은 예능 PD였다.

그는 「트루 라이즈」라는 서바이벌 프로그램을 성공시키며

화제를 탔고 「트루 라이즈」는 시즌 1부터 시즌 3까지 연달아 제작되어 방영되면서 인기를 끌었다.

TBC에서는 서둘러 시즌 4를 제작해 주길 바랐지만, 장석훈 PD는 시즌 1부터 시즌 3까지 진행하면서 빠졌던 매너리즘을 극복하고 싶었다.

그러려면 새로운 피가 수혈되어야만 했고 이미 얼굴이 익히 알려진 연예인이 아니라 일반인에서 그럴 만한 얼굴을 찾아야만 했다.

하지만 이렇다 할 인물이 없었다.

그런 탓에 장석훈 PD는 하는 수 없이 일반인 공개 섭외를 통해서라도 신선한 얼굴을 영입할 생각을 하고 있었다. 그리고 막 일반인을 섭외하려 할 때 평소 친하게 지내던 기자한테 연락이 왔다.

그녀의 이름은 이영민으로 장석훈 PD가 「트루 라이즈」 시즌 4를 제작한다는 말에 직접 연락을 취한 것이었다.

"이 기자, 오랜만이야. 그동안 소식이 너무 뜸했던 거 아니야?"

-그러게요. 언제 한번 찾아뵐게요. 같이 맥주 한잔 마시면서 「트루 라이즈」 이야기 좀 해요.

"역시 정보가 빨라. 어디서 들은 거야?"

-그건 중요한 게 아니고 감독님이 뉴페이스를 찾고 있다는

소문을 들어서요.

"음, 추천할 사람이라도 있는 거야?"

장석훈 PD가 알고 있는 이영민 기자는 되게 꼼꼼하고 철두철미한 성격이었다. 그렇다 보니 항상 신중을 거듭했고 누군가를 추천할 때면 꼭 대박을 물어오는 경우가 잦았다.

―예, 나이도 어리고 비주얼도 좋아요. 기럭지도 좋고 아마 여성 시청자들한테 엄청 잘 먹힐걸요?

"뭐야, 아이돌이야? 아니면 배우? 나는 분명히 뉴페이스를……."

―일반인이에요. 전화번호 알려드릴 테니까 한번 연락해 보세요. 설득하는 건 감독님 몫이고요.

"이 기자! 이름은 알려줘야 할 거 아냐?"

―강한수예요. 올해 수능 만점자. 이 정도면 충분하죠?

한수가 스팸 전화나 기자들 전화라면 깔끔하게 끊어버리겠다고 생각하고 전화를 받았을 때 굵직한 목소리가 들렸다.

"여보세요?"

―반갑습니다. 강한수 씨 맞으시죠?

"제가 강한수는 맞는데 누구시죠?"

―아, 맞군요. 이영민 기자한테 추천을 받고 이렇게 전화를 드리게 됐습니다.

"예? 누구신데 이영민 기자님한테 추천을 받으신 거죠?"

―제 소개가 늦었군요. 저는 TBC에서 방송 연출을 맡고 있는 장석훈이라고 합니다.

한수가 떨떠름한 목소리로 물었다.

TBC는 드라마, 예능, 시사·교양 등 다양한 프로그램을 다루고 있는 엔터테인먼트 채널이다. 그곳에서 방송 연출을 맡고 있다는 것은 즉, 상대가 PD라는 의미였다.

그런데 방송국 PD가 자신에게 전화를 걸 이유가 없었다.

그것도 이영민 기자의 소개를 받아가면서까지 말이다.

"장석훈 피디님이시군요. 그런데 무슨 일로 제게 전화를 하신 거죠?"

―방송국 피디가 전화할 이유가 뭐겠습니까? 똑똑하신 분이니 그 정도는 이미 짐작하고 계실 거 같은데요.

그렇다. 방송국 PD가 이렇게 소개를 받아 전화하는 이유는 하나다.

프로그램 섭외.

"섭외 때문인가요?"

한수 휴대폰은 여전히 그를 찾는 전화로 시끌시끌했다.

개중에는 기자들만 있는 게 아니고 다른 직종의 사람들도 많았다.

가장 많은 게 학원이었고 그다음은 과외, 그뿐만 아니라 방송국 작가도 적지 않았다.

대부분 구성 작가들이었는데 예능이나 교양 프로그램 섭외를 위해서였다.

그러나 방송국 PD한테 섭외 전화를 받은 건 이번이 처음이었다.

장석훈 PD가 유쾌한 어조로 말했다.

-그렇습니다. 혹시 「트루 라이즈」라는 프로그램 알고 계십니까?

트루 라이즈(True Lies).

시즌 3까지 제작이 됐었고 TBC를 먹여 살렸던 예능 서바이벌 프로그램이다.

모두 열 명이 참가하며 상금을 타기 위해 게임을 통해 참가자들의 진실 혹은 거짓을 밝혀내야 한다.

한때 한수도 재밌게 시청했던 예능이었지만 시즌 3 이후로더는 제작 소식이 없어 이제는 잊히고 있었다.

그런데 알고 보니 그 「트루 라이즈」를 제작했던 피디가 장씨 성을 가진 피디였었다.

"설마 시즌 4가 제작되는 건가요?"

-예, 그렇습니다. 그래서 일반인 참가자를 섭외 중인데 이

영민 기자가 강한수 씨를 추천해 주셔서요. 그래서 좀 더 자세히 알아봤더니 넉 달 만에 수학능력시험에서 만점을 받았을 뿐만 아니라 요리도 수준급으로 잘한다고 하더군요.

"그래서요?"

-시즌 4를 제작하게 되면 기존 참가자들도 나오긴 하겠지만, 더욱 신선한 얼굴들을 시청자들한테 선보이고 싶은 게 솔직한 욕심입니다. 그리고 이영민 기자가 추천한 대로라면 강한수 씨만 한 지원자는 없을 것 같아서요.

뜻밖의 기회다.

한수가 물었다.

"시즌 4에 나가고 싶다면 어떻게 해야 하죠?"

2월 중순 무렵, 한수는 캐쥬얼 정장으로 깔끔하게 옷을 차려입고 지하철에 올라탔다.

오늘은 신입생 환영회가 있는 날이었다.

며칠 전 통화했던 장석훈 PD와의 프로그램 출연 이야기는 순조롭게 마무리됐다.

그가 특별하게 섭외를 하긴 했지만 이건 예선만 프리패스할 수 있게 해주는 것이었고 2월 중순에서 말 사이에 면접을 보고 본선 시험도 봐야만 했다.

그렇다 보니 한수는 「트루 라이즈」에 출연하기 위해 경제 채널뿐만 아니라 오락 관련 채널도 확보해야 하는 게 아닌가 생각하고 있었다.

수학능력시험 같은 경우 EBS PLUS 1 채널을 통째로 외웠기 때문에 만점을 받은 것일 뿐 「트루 라이즈」에서도 우수한 성적을 거두려면 그에 관한 지식을 쌓아두는 게 필수적이었다.

이왕이면 「트루 라이즈」 시즌 1부터 시즌 3까지를 방송했던 TBC 채널을 구독하는 게 가장 큰 도움이 되어줄 게 분명했다.

그러나 아직은 시간적인 여유가 제법 있었다.

일단은 신입생 환영회가 먼저였다.

그렇게 지하철을 거꾸로 타고 한참을 와서 한국대학교입구역 앞에 멈춰 섰을 때 한수는 감회가 남다른 얼굴로 역사를 돌아봤다.

지난번에도 그랬지만 예전에 종종 지하철을 타고 집으로 가다가 한국대학교입구역을 지나칠 때면 이 역에서 내리는 또래들을 본 적이 있었다.

그럴 때마다 혹시 그들이 한국대학교 학생일까 하는 호기심을 품은 적이 적지 않았다.

그리고 한국대학교 학생이라면 얼마나 열심히 공부했을지

또 한국대학교 학생인 게 얼마나 자랑스러울지 속으로 질투한 적이 꽤 있었다.

그래서 한수는 대학교 과잠을 일부러 입고 다니지 않았다. 이는 극성스러운 교육열을 보인 엄마와 얼굴도 모르는 백반집 아들에 대한 열등감 때문이었다.

"와, 과잠 완전 예쁘네."

저 멀리 앞서가고 있는 한국대학교 과잠을 입고 있는 여학생을 보며 한수는 새삼 과잠이 예쁘다는 생각이 들었다.

특히 등 뒤에 박혀 있는 'HANKOOK NAT'L UNIV'를 보고 있자니 새삼 자신도 한국대학교 일원이 되었다는 게 실감이 났다.

"하나 갖고 싶네."

누구는 자신을 속물이라고 욕할지도 모르지만 어쩔 수 없는 일이었다.

그렇게 한국대학교입구역에서 내린 뒤 한수는 인터넷을 통해 검색한 대로 버스정류장으로 향했다.

버스정류장에는 이미 적지 않은 수의 학생이 줄을 선 채 버스가 오는 걸 기다리고 있었다.

한수도 그 뒤에 자리를 잡고 섰다. 바로 앞에는 아까 전 한국대입구역에서 본 과잠을 입고 있는 여학생이 서 있었다.

한수 가슴에도 안 닿을 만큼 작은 키에 피부는 백설기만큼 새하얬다. 얼굴은 볼 수 없었지만, 똑 자른 단발과 그 사이로 보이는 하얀 목덜미가 예쁘장했다.

그러나 한수는 곧 저 멀리서 들어서고 있는 5511번 버스에 시선을 고정했다.

우르르 몰려드는 사람들 사이로 한수도 가까스로 버스에 올라탈 수 있었다.

버스가 급하게 출발을 했다.

"꺄아!"

이곳저곳에서 난리가 났다. 그러다가 엉겁결에 자신 품에 안긴 여학생을 보며 얼굴을 붉혔다.

한수 바로 앞에 서 있던 키 작은 그 여학생이었다.

그것도 잠시, 버스가 출발하고 잡을 곳이 없어서 당황하는 그녀를 한수가 옆에서 감싸듯 섰고 뒤늦게 그것을 깨닫고는 그녀도 얼굴을 붉히며 고개를 숙였다.

그러는 사이 5511번 버스가 경영대 앞에 멈춰 섰고 끼여 있던 한수는 겨우 버스에서 내릴 수 있었다.

그리고 한수 품에 안겨 있던 여학생도 뒤따라 내렸다.

한수가 58동으로 걸어가려 할 때였다.

"저기요……."

자신을 부르는 목소리에 한수가 고개를 돌렸다.

"아까 고마웠어요."

"예? 아뇨, 별말씀을요."

한수는 대수롭지 않은 얼굴로 대꾸했다. 그리고 그는 경영대로 발걸음을 떼었다.

그러나 58동에 도착했지만 정작 어디로 가야 할지 갈피를 잡을 수 없었다.

하는 수 없이 한수는 지난번 자신한테 전화를 해줬던 선배에게 전화를 걸었다.

얼마 지나지 않아 목소리가 들려왔다.

ㅡ여보세요.

"이서윤 선배님 맞으시죠? 58동에 왔는데 어디로 가야 할지 모르겠어서요."

ㅡ어, 잠시만요. 지금 그쪽으로 갈게요. 58동 앞에 있어요. 버스정류장 내려서 바로 있는 거 맞죠?

"예, 그런데……."

한수는 귀에 익은 목소리에 고개를 갸웃거렸다.

분명 아까 전 들은 목소리 같은데? 라는 생각을 하며 58동 앞을 서성거릴 때였다.

바로 근처에서 달려오고 있는 여학생이 보였다.

똑 자른 단발에 새하얀 피부, 가슴에도 안 오는 작은 키.

아까 전 버스에서 자신 품에 쏙 안겨 있던 바로 그 여학생이었다.

"어, 아까 그 버스 매너남!"

"혹시, 이서윤 선배님?"

"그럼 그쪽 분은……."

"네?"

"올해 수능 만점자 강한수 씨 맞죠?"

"저를 아시나요?"

"당연히 알죠. 수능 만점자인 거랑 이름 정도? 유일한 수능 만점자라고 떠들썩했잖아요."

"하하."

어김없이 나오는 수능 만점자라는 말에 한수가 어색하게 웃어 보였다.

"그럼 같이 가요. 신입생 환영회 하러 가야죠."

"예."

두 사람은 나란히 선 채 58동 건물 안으로 들어섰다.

함께 걸어가고 있지만 두 사람 사이는 어색하고 서먹하기만 했다.

그때 서윤이 한수를 힐끗 보며 물었다.

"장기자랑 준비는 잘 해왔어요?"

"네, 제대로 해왔습니다."

그 질문에 한수는 자신만만한 목소리로 대답할 수 있었다.

서윤은 자신 곁에서 나란히 걷는 한수를 힐끔힐끔 곁눈질했다. 아까 전 버스에서 손잡이가 없어 허둥지둥할 때 자신을 도와준 그 남학생과 동일인물이 맞았다.

그러다가 같은 정류장에서 내릴 때 혹시 한국대학교 학생이 아닌가 했는데 공교롭게도 같은 길벗반 후배이자 전년도 수학능력시험 만점자라는 걸 알게 되니 기분이 묘했다.

서윤은 살짝 붉어진 얼굴로 애써 발걸음을 옮겼다.

그러나 딴생각에 빠져 있다 보니 걸음걸이는 느렸고 아무리 느리게 걸어도 몇 분 안 걸릴 거리를 아직도 걷고 있었다.

그렇게 걸어가고 있던 도중 망설이고 있던 서윤이 조심스럽게 입을 뗐다.

"후배님은 올해 몇 살이에요?"

"예? 아, 올해 스물세 살입니다."

"그래요? 저보다 두 살 많으시네요."

서윤은 재수 없이 수시로 바로 한국대학교에 입학했기 때문에 올해 스물한 살인 반면에 한수는 군대를 갔다 오고 전역 후 반수한 뒤 입학한 거여서 스물세 살이었다.

"그럼 오빠라고 부를까요?"

"편하게 부르시고 싶은 대로 부르셔도 됩니다, 선배님."

"그래도 돼요? 후배님?"

"예, 선배님."

"정말이죠? 무르기 없기예요. 그러고 보니……."

서윤이 반색하며 말을 꺼내려 할 때였다.

"서윤아, 너 여기서 뭐 해?"

눈치 없게 말을 걸어온 사람이 있었다.

서윤이 눈살을 찌푸렸다. 같은 16학번 동기가 어처구니없는 얼굴로 서윤을 바라보고 있었다.

"왜? 무슨 일 있어?"

"아니, 신입생 데려오는 거 아니었어? 우리 저쪽 강의실이 잖아."

그러고 보니 길도 반대로 들어서고 있었다.

"아, 맞다. 내 정신 좀 봐. 미안."

"이분이 우리 반 후배님이야?"

"어, 내가 데리고 갈 테니까 너는 다른 후배 데려와 줘."

눈치 없는 동기가 거기에 초를 쳤다.

"아냐, 내가 데리고 갈게. 지금 애들이 너 찾고 있어. 빨리 가 봐."

"……."

빠드득─

조용한 복도에서 누군가 이가는 소리가 울렸다.

그러나 여전히 서윤의 동기는 눈치 없게 한수를 잡아끌고 있었다.

결국, 한수는 남자 선배에 이끌려 사라졌고 홀로 남은 서윤은 다시 후배들을 찾아다녀야 한다는 생각에 바쁘게 움직이기 시작했다.

길벗반이 모이는 강의실 안은 꽤 많은 학생으로 북적이고 있었다.

PPT 화면이 켜진 칠판 앞에는 딱 봐도 어려 보이는 신입생들이 옹기종기 모여 있었고 그 뒤로 재학생들이 둘러앉아 있었다.

한수가 들어오자 사람들의 시선이 그에게로 쏠렸다.

"와, 잘생겼네."

"키도 크고, 부럽다."

"쟤 누구야?"

재학생들 사이에서 소요가 일었다.

눈치 없는 서윤의 동기가 한수를 밀어 넣고 다시 사라졌고 어정쩡하게 서 있던 한수는 일단 신입생들 사이로 향했다.

미리 와 있는 신입생들은 이미 서로 간에 안면이 있는 모양이었다. 아마 이들은 수시 합격자일 가능성이 컸다.

수시 합격자들은 한 차례 신입생 환영회를 했다고 하니 그때부터 이미 끼리끼리 알고 지내는 사이였을 터다.

한수가 그 사이로 들어갔을 때 남자애 한 명이 아는 척을 해왔다.

"안녕하세요. 17학번 김주성이에요."

"17학번 강한수입니다."

"어? 그럼 올해 수능 만점자? 맞으시죠?"

"네, 맞아요."

"군대 이미 갔다 오셨죠? 완전 부럽네요."

"부러울 게 뭐 있어요."

군대 갔다 온 사람은 아직 미필들한테 자연스럽게 할 수 있는 말이다.

"군대, 생각보다 별거 아니에요."

이미 다녀온 자의 여유.

그것과 별개로 한수는 대부분의 사람이 자신을 수능 만점자로 기억하고 있다는 걸 알 수 있었다.

김주성이 그 이야기를 꺼낸 직후 다른 동기들도 수능 만점자라는 말을 입에 담기 시작했다. 자신을 힐끔힐끔 쳐다보는 사람도 늘었다.

그러는 사이 하나둘 신입생들이 차곡차곡 강의실에 들어왔고 서른여 명 정도가 되었을 무렵 모든 동기가 한자리에 모일 수 있었다.

그제야 서윤도 강의실로 들어왔다. 그리고 PPT를 통해 한국대학교 경영학부와 길벗반이 소개되며 본격적으로 신입생 환영회가 시작됐다.

서윤이 강의실 앞으로 나왔다.

그녀는 올해 길벗반의 과책이었다.

과책은 새내기 맞이 대표를 일컫는 말로 서윤이 과책이 된 이유는 명확했다. 술 잘 마시고 책임감도 뛰어난 데다가 길벗반 16학번 동기들 사이에서 가장 예뻤기 때문이다.

단상에 선 서윤이 간단히 자기소개를 덧붙였다.

"다들 만나서 반가워요. 음, 일단 제 소개부터 할게요. 어쩌다 보니 과책이 되어서 이렇게 인사를 드리게 됐네요. 아마 다들 제 전화를 받아서 이름은 알고 있을 거예요. 맞죠?"

"네!"

몇몇은 목소리를 높여 대답했고 몇몇은 시큰둥한 반응을 보였다.

이서윤이 눈매를 좁히며 소리쳤다.

"거기, 대답 대충 한 거 다 봤어요. 이따가 각오해 둬요. 어쨌든 제 이름은 이서윤이고 부족하지만, 새내기 맞이 대표를 맡게 됐어요. 신입생 환영회 이후 새터까지 여러분을 제가 잘 책임질 거예요. 또 궁금한 건 없죠?"

"저요!"

한 신입생이 번쩍 손을 들었다. 제법 똘똘해 보이는 남자애였다.

"응? 뭔데요?"

"선배님! 남자친구 있으신가요?"

"오오오오~"

"남자다!"

뒤에 앉아 있는 재학생들이 그 당찬 외침에 소리를 높이며 환호성을 질러댔다.

그러나 서윤은 그런 아우성에도 아랑곳하지 않았다. 오히려 그녀는 쾌활하게 웃으며 대답했다.

"아뇨, 없는데요?"

"혹시 이상형은 어떻게 되는지 알 수 있을까요? 선배님."

서윤이 싸늘한 목소리로 대꾸했다.

"일단 후배님은 제 이상형하고는 맞질 않네요."

"우우우우~"

"이 마녀는 팩트 폭력을 자제하라!"

재학생들이 들고일어났다.

그러나 아까 전 말을 꺼낸 당찬 신입생이 재차 물었다.

"어째서죠? 선배님 이상형을 알고 싶습니다."

서윤이 눈매를 좁히며 대꾸했다.

"일단 잘생겨야 해요. 그리고 저보다 공부도 더 잘해야 하고요."

"그래도 저 정도면……."

"꿈 깨요."

서윤은 단칼에 말을 자르고 순서를 이었다.

"제 사생활은 됐고 신입생 환영회를 시작…… 아, 맞다. 우리 새내기들한테 하나 당부할 게 있어요."

신입생들이 고개를 갸웃거릴 때 서윤이 당찬 목소리로 말했다.

"새내기가 3월에 자기 돈 내고 밥 먹으면 멍청한 거 알죠?"

"네?"

"그러니까 저기 뒤에 앉은 선배들 마음껏 뜯어 먹어요. 어쭙잖게 혼자 먹거나 동기들과 먹는 거 용납하지 않습니다. 다들 알아들었죠?"

"예!"

재학생들은 그 발언에 똥 씹은 표정이 되었지만, 신입생들 표정은 그 어느 때보다 더 활기가 넘쳤다.

서윤이 웃으며 다음 차례로 넘어갔다.

"그럼 이제부터는 신입생들이 자기소개하는 시간을 갖도록 하겠습니다. 편의상 가나다 순서로 할 테니까 자기 차례가 되면 바로 이 자리에 나오면 돼요. 선배들한테 자주 밥 얻어먹기 위해서라도 장기자랑 잘하는 거 잊지 말고요. 음, 강샛별 후배님?"

첫 타자는 강샛별. 여자 신입생이었다. 그런데 그녀 얼굴이 파리했다. 아무래도 적잖게 긴장한 모양이었다.

얼굴을 반쯤 덮을 만큼 커다란 안경을 쓰고 있던 강샛별이 단상 앞으로 나왔다.

　자신을 향해 쏟아지고 있는 수십 쌍의 눈동자를 보던 강샛별은 마지못해 조곤조곤 입을 열었다.

　"저는 17학번 길벗반 강샛별입니다. 올해 스무 살이고요. 태일고를 졸업했어요."

　그 이후로 머뭇거리는 그녀 모습에 재학생들이 목청껏 소리를 높였다.

　"남친!"

　"남자친구는 없고요. 어, 또, 그러니까…… 그토록 원하던 한국대학교 경영학부에 들어올 수 있게 되어 정말 좋아요. 또, 평소 존경하던 선배님들을 뵐 수 있어서 영광이고요. 앞으로도 잘 부탁드려요. 이, 이 정도면 될까요?"

　그녀가 촉촉이 젖은 눈망울로 서윤을 빤히 바라봤다.

　마치 그 모습이 사면초가에 빠진 송아지 같아 마음이 약해질 뻔했지만, 서윤이 단호하게 고개를 저었다.

　"샛별 후배님은 수시생이었으니까 장기자랑 정도는 미리 준비해 왔겠죠?"

　"자, 장기자랑요? 그, 그게……."

　샛별이 점점 빼기 시작하자 분위기가 조금씩 가라앉기 시작했다.

　결국, 참지 못한 선배들이 우르르 나서서 분위기를 띄웠다.

"한 박자 쉬고~"

"두 박자 쉬고!"

"세 박자마저 쉬고 들어간다!"

그럴수록 샛별의 얼굴은 샛노래져 갔다.

거의 패닉 상태까지 몰릴 뻔한 모습에 서윤이 한숨을 내쉬었다.

아무래도 첫 타자는 실패인 모양이었다.

한편으로는 저런 모습을 보니 내성적인 성격 때문에 다른 선배나 동기들과 잘 어울리지 못할까 우려스럽기도 했다.

결국, 잔뜩 울상이 된 채 샛별이 단상을 내려갔다.

선배들의 반응은 싸늘했다.

"에이, 너무하네. 정 못하겠으면 막춤이라도 추든가."

"아무거나 하지. 쩝, 저래서 되나?"

싸늘해진 분위기에 서윤이 애써 분위기를 다시 달궜다.

"처음이니까 당황해서 그럴 수도 있다고 생각하는데요. 다음 신입생은 재수생인 데다가 아까 전 장기자랑 준비를 제대로 해왔다고 했거든요? 다들 기대되시죠?"

"예!"

"이번에도 못하면 서윤이 네가 노래 불러라!"

"오오! 좋네."

서윤이 찌릿 눈을 흘겼다가 다음 사람을 지목했다.

"그럼 강한수 후배님, 이제 올라와 주실까요?"

그랬다. 강샛별 다음으로 가장 가나다 순서가 빠른 신입생.

다음 차례는 바로 한수였다.

to be continued